# W.S.マーウィン選詩集

*W.S. Merwin Poems*

ヤシの種子「ひとつひとつが明日を抱いている」
——マーウィン

Book designer: Hideya Kiyooka
ISBN978-4-7837-2789-7 C0098 ¥2400E

# はじめに

## W.S.マーウィンについて

本書は、W. S. マーウィンの初邦訳選詩集となる。アメリカでマーウィンは、同世代のアレン・ギンズバーグやゲーリー・スナイダーらと同等あるいはそれ以上に高い評価を受けている詩人にもかかわらず、これまで日本では、その作品も人物もごくわずかしか紹介されていない。

私は、学生時代に初めてマーウィンらが参加する反戦詩の朗読会に立ち会い、日常語を使いながら不思議な力を持つマーウィンの詩に引き込まれた。以来、マーウィンの詩心と人柄に接する中で、詩と翻訳の作法にも目を開かされた。大声で叫び衆を集めるビート詩人的なパフォーマンスとは程遠く、淡々と信条を実践し、斬新な詩法と作品を着実に積み上げたこの大きな存在をぜひ日本に伝えたいと願ってきた。

まず、そのマーウィンの簡単な経歴を紹介する。

ウィリアム・スタンレー・マーウィン（W. S. Merwin）は、1927年9月30日生まれ、長老派教会牧師ウィリアム・ステージ・マーウィンとアナ・ジェインズの次男としてニューヨーク市で生まれる。父は、ウェールズ出身のイギリス・スコットランド系で、ペンシルベニア州アリゲイニー川に添う小村の生まれ。母は、コロラド州デンバー生まれ、オランダ・イギリス系で、独立戦争で有名なモリス家の血をひくという。アナは、6才で孤児になったが、成人してピッツバーグの長老派教会の秘書となり、当時、牧師の運転手をしていたウィリアムと結婚した。

幼児期に森に住むインディアンの物語に魅せられて、切り倒される庭木を見て駄々をこねるほど森への愛着は深く、家族旅行の車窓から見える森に心を奪われたという。以来、自然と人との融和がマーウィンの原風景となる。家庭は牧師の世間体を気にした厳しい躾で、善悪の判断、折り目正しい振る舞いが身についていた。

プリンストン大学在学中、著名な文学研究者 R.P. ブラックマーや詩人ジョン・ベリィマンの教えを受ける。1946年には、詩人になると決意して、イマジズム運動を起こしたエズラ・パウンドに師事し、ウィリアム・カーロス・ウィリアムズに傾倒。同年、物理学科の秘書ドロシー・フェリーと、父親の司宰で結婚。卒業式では卒業生総代として自作の詩を朗読した。修士課程に進んだが、49年の夏、富豪の子息の船旅の付き添いとしてドロシーを伴ってイタリアに渡り、フレンチリビエラの富豪の別荘で一夏を過ごす。翌年、ポルトガルに移り、没落貴族の子息の家庭教師を務めながら書いた詩と翻訳を米国の詩誌に発表する。同年、スペイン旅行の途次、会いたかったイギリスの大詩人・神話研究家のロバート・グレイブスを、マジョルカ島の自宅に前触れもなく訪れると、グレイブスから著書の補遺の仕事を任され、子息の家庭教師に雇われる。

## 前期 1952-1975

1952年、マジョルカで書いた第1詩集『ヤヌスの面』でエール大学新人賞を受け、W.H. オーデンから「詩法の伝統を実に見事に尊重している」神話的詩人の顕著な例と絶賛され、デビュー。その後、詩集毎に新しい視点と文体を世に問い、詩人としての確固とした地位を築いた。

53年、ドロシーとの結婚が破綻。翌年、フランス南部の過疎の村に古い農家を買い、55年には、劇作家志望のディド・ミルロイと二度目の結婚（68年、別居、離婚）。60年、ロンドンで原子兵器反対プロテストマーチに参加。同年、マンハッタンのアパートに引っ越す。環境、人権、社会問題への意識も高く、ベトナム反戦詩の朗読会に積極的に参加した。67年、第6詩集『虱』で従来の伝統的な詩法と決別した簡潔直截ながら含みの多い詩を発表して、詩人や批評家を驚かせた。

71年、第7詩集『梯子を担ぐ者』へのピュリッツァー賞受賞にあたり、ベトナム戦争での米国の行為は恥ずべきもので、賞金を受ける気になれない、として反戦活動家を指名して賞金の分配を求める。文学賞を政治化するべきではないと諭すオーデンに、行動しないで黙したままでは現状の悪を変えることできないと反論した。この時期、詩作の他、ギリシャ、ラテン、サンスクリットなどの古語を含む世界各国の言語の詩・散文・戯曲の翻訳も数多く発表。

75年、ハワイを訪れ、マウイ島でその後の人生に大きな影響を与える禅師ロバート・エイトキンとの出会いを果たす。同年秋、マーウィンはアレン・ギンズバーグが深くかかわっていたコロラドのナロパ仏教研究所（後にナロパ大学）での修行集会に参加し、自己発見と称する暴力的な侮辱を受ける。導師に対面でその仏教教義にもとる行為の説明を求め、導師の慢心に失望して去る。この出来事は、ギンズバーグが留守で現場にいなかったのにもかかわらず、アメリカ現代詩の二大潮流が衝突した場だったとして伝説化した。米現代詩史におけるギンズバーグとマーウィンの当時の立場を端的に物語っている。

## 後期　1976-2019

1977年、禅の影響に加えて「森」への愛着もあり、エイトキン師の道場から遠くない、マウイ島北西岸の太平洋を望む荒地を購入。そこに居を定めて、自然と一体の生活を志向する。大学卒業以来、南欧諸国、ロンドン、ニューヨークなどを転々とした「遊牧」詩人的な生活に終止符をうつ大きな転換だった。

83年に出版された第13詩集『掌をひらく』は、この新天地での生活と過去の記憶が交錯する過渡期の心象を描いている。同年、後半世の伴侶となったポーラ・ダナウェイと三度目の結婚をし、「二人だけ」で荒地の開拓を手作業で進め、禅の庭を理想に「庭」造りに挑んだ。

以後30数年間世界中のヤシの種を集め、苗木を育て、植樹して自然環境を回復させ、広大な熱帯樹林に育て上げた。現在は、マーウィン・コンサーバンシィとして国立熱帯植物園に登録されている。この間、「庭」仕事と創作活動を両立させる一方、ハワイの原住民の土地所有権や文化遺産の保護、かつ、土地の住民の権利を侵害するハワイの商業用乱開発への反対運動などにも尽力した。

マーウィンの詩集は、第1詩集『ヤヌスの面』から19世紀のハワイを物語る長編詩『襞をなす絶壁』を含めて25冊、2009年『シリウスの影』でピュリッツァー賞を受ける（ピュリッツァー賞の受賞は2度目）。他に翻訳集、回想録、エッセイなど多数発表して、それぞれに高い評価を得、詩人に与えられる賞や顕彰はすべて受賞したと言われた。2010年には米国桂冠詩人に任命され、詩の普及に貢献した。

## マーウィンさんとの出会い

筆者がマーウィンさんと翻訳について言葉をかわしたのは、77年、ニューヨークでの翻訳に関するパネル後のレセプションだった。当時の私は現代詩の翻訳を始めて10年ほど経っていた。68年から3年間、アイオワ大学の東洋学部の専任講師を務め、現代詩のコースを提案して認められたのはうれしかったが、現代詩の英訳がないことに気づき、自分の英訳詩を教材に使ったことがきっかけとなり、71年、アイオワ大学インターナショナル・ライティング・プログラムの長ポール・エングル氏の要請で訳した田村隆一の選詩集（*World Without Words*）が、田村さんの英訳詩集第一号だった。以後、谷川俊太郎、大岡信、吉増剛造などの英訳を続けるうちに、当初の蛮勇と熱意が淘汰されて、翻訳の難しさを思い知ったころだった。このパネルに助け船を求めていたかもしれない。

当時の翻訳論は、原詩の言語と異言語との溝をどう埋めるかが大方の中心課題だったから、原詩の「種」を呑み込んで、自身の中で苗を育て、異言語に移植する、というマーウィンのオーガニックな翻訳論に息を呑んだ。話を聞きながら、谷川俊太郎さんとマーウィンさんがお互いの詩の「種」を呑んだら、どんな作品ができるだろうと思った。マーウィンさんにそんな話をすると、面白そう、という反応だった。その後、谷川さんが枠組みを整えてくださり、81年「ユリイカ」11月臨時増刊号の「現代詩の実験」で実現した。マーウィンさんはこれ以降、谷川俊太郎さんに深い尊敬と親近感を抱いていらした。

これまでの日本におけるマーウィンの詩の紹介はごく限られている。74年、「早稲田文学」「ポエトリーシーンUSA」に連東訳で初期の詩について紹介、75年、「現代詩手帖」谷川俊太郎特集のエッセイ（「心とことばと目・谷川俊太郎の詩とアメリカ現代詩」）でホイットマンとマーウィンと谷川俊太郎の詩心の相似点を挙げた。その折に谷川さんから「マーウィンを教えて頂いたことは僕にとって大切でした」というお便りをいただいた。谷川さんもマーウィンさんとは直接間接の接点があって、親しみを感じておられると思う。

その後10年をかけた『蕪村句集』の共訳（*Collected Haiku of Yosa Buson*）では、資料集めの端緒から出版社の国際交流基金の支援申請にかかわる助言などまで、蕪村に詳しい吉増剛造さんに大変なお世話になった。ドナルド・キーン氏とのあたたかい交流もあった。また、「MONKEY」5号では、谷川さんと柴田元幸さんの協力でマーウィン特集を組んでいただいた。

本書には、マーウィンさんの要望で、1983年以降に出版された詩集から助言を受けながら選んだ詩を収めている。広大なヤシの森の中のマーウィン家にみんなで集まるチャンスを夢見ていたのに、ご夫妻とも鬼籍に入ってしまわれた。訪れる折には、きっと「庭」で合流してくださると信じている。

最後に編集の藤井一乃さんに心からお礼を申し上げたい。訳詩の細部まできめ細かく面倒を見ていただいたばかりでなく、アメリカとの交流、米詩の受容の歴史を考え併せてマーウィンの詩を紹介する自然な形を教えていただいた。写真家のラリー・キャメロン氏にはマーウィン家の広大な熱帯雨林の庭の写真を快く提供していただいた。清岡秀哉氏のデザインはマーウィン夫妻の庭仕事への愛着が見えるような気がする。

W.S. Merwin Poems

# Contents

はじめに　5

## 掌をひらく *Opening the Hand* (1983)

海　THE WATERS　20
櫂　THE OARS　21
イチゴ　STRAWBERRIES　22
昨日　YESTERDAY　24
写真　PHOTOGRAPH　27
並木　LINE OF TREES　28
ブリーフケース　THE BRIEFCASE　29
ヤシ　PALM　30
ベリィマン　BERRYMAN　31
黒い宝石　THE BLACK JEWEL　34

## 樹林の雨 *The Rain in the Trees* (1988)

晩春　LATE SPRING　38
最初の年　THE FIRST YEAR　39
影が通り過ぎる　SHADOW PASSING　40
歴史　HISTORY　41

雨に目覚める　WAKING TO THE RAIN　44
視覚　SIGHT　46
先を行く　BEING EARLY　48
発話　UTTERANCE　49
追憶　MEMORY　50
居場所　PLACE　52
証人　WITNESS　54
ノック　KNOCK　55

## 旅 *Travels* (1992)

アンボンの盲目の千里眼　THE BLIND SEER OF AMBON　58
河　THE RIVER　62
月の光景　LUNAR LANDSCAPE　64
雨の旅　RAIN TRAVEL　66
搭乗券の裏に　ON THE BACK OF THE BOARDING PASS　67
石造りの村　STONE VILLAGE　68
夏の夜　A SUMMER NIGHT　69
春がすぎて　AFTER THE SPRING　70

## 雌狐 *The Vixen* (1996)

狐眠　FOX SLEEP　72
門　GATE　78
敷居　THRESHOLD　80

網　NET　81
死　PASSING　82
干ばつ　DRY GROUND　83
あのとき　ONE TIME　84
高地の家　UPLAND HOUSE　85
雌狐　VIXEN　86
賜物の日　A GIVEN DAY　88

## 瞳 *The Pupil* (2001)

予言　PROPHECY　90
闇の中を飛ぶ　FLIGHTS IN THE DARK　91
こどもの頃の火事　FIRES IN CHILDHOOD　92
契機　THE MOMENT　93
広野　THE OPEN LAND　94
年の暮れ、マオリに　TO MAOLI AS THE YEAR ENDS　95
ことばの飛翔　THE FLIGHT OF LANGUAGE　96
高み　HEIGHTS　97
この正月　THIS JANUARY　98

## ここにいる君 *Present Company* (2005)

この五月に　TO THIS MAY　100
魂に　TO THE SOUL　102
鏡の中の顔に　TO THE FACE IN THE MIRROR　104

去りゆく君に　TO A DEPARTING COMPANION　106
母に　TO MY MOTHER　108
兄に　TO MY BROTHER　110
蚊に　TO A MOSQUITO　112
ポーラに　TO PAULA　114
ぼく自身に　TO MYSELF　115
著書に　TO THE BOOK　116

## シリウスの影 *The Shadow of Sirius* (2009)

遊牧の笛　THE NOMAD FLUTE　120
夕暮れのブルーベリー　BLUEBERRIES AFTER DARK　122
静かな朝　STILL MORNING　124
街で　BY THE AVENUE　125
覚え書き　NOTE　126
はじめから　FROM THE START　127
遺産　INHERITANCE　128
若さ　YOUTH　130
暗くなると　BY DARK　131
また埋葬の夢　ANOTHER DREAM OF BURIAL　132
シギ　THE CURLEW　133
芭蕉の子　BASHŌ'S CHILD　134
私の手　MY HAND　135
晩春　ポーラに　TO PAULA IN LATE SPRING　136
降る　FALLING　137

ある渓谷　ONE VALLEY　138
丘の老木　THE OLD TREES ON THE HILL　140
独り身の秋　A SINGLE AUTUMN　142
雨明かり　RAIN LIGHT　144
竹鳥　THE LAUGHING THRUSH　145

## 未明の月 *The Moon Before Morning* (2014)

帰郷　HOMECOMING　148
朝の盗人　THEFT OF MORNING　149
花を摘む若者　YOUNG MAN PICKING FLOWERS　150
薄墨色の伝説より　FROM THE GRAY LEGENDS　152
初心者たち　BEGINNERS　156
庭にいて見上げると　LOOKING UP IN THE GARDEN　157
高みのヤシの葉　HIGH FRONDS　158
庭の消息　GARDEN NOTES　160
エコーにもう一度　ANOTHER TO ECHO　162
永遠回帰　THE ETERNAL RETURN　163
夏空　SUMMER SKY　164
真昼のそよ風　A BREEZE AT NOON　165
新しい歌　THE NEW SONG　166
緑色の垣根　THE GREEN FENCE　168
スズメたちだけが　ONLY SPARROWS　172
消印　CANCELLATION　174
白地に白　WHITE ON WHITE　176

リア王の妻　LEAR'S WIFE　178
ぱかっぱかっ　CLOP CLOP　180
黒い鳶　A BLACK KITE　182
狐火　FOXFIRE　184
白居易へのメッセージ　A MESSAGE TO PO CHU-I　188
ノアの方舟の舳先　THE PROW OF THE ARK　190

略年譜　194
著作一覧　204

造本＝清岡秀哉

# 掌をひらく

*Opening the Hand*

# 海

夏の間　ずっと　しらずしらず
記憶をたぐっていた
あたかも海の中で
なにもかもが静止しうるかのように

振り返って待ってくれているような生き方もあった
その方角に行って探しても
音は水の中を伝わるのに
呼びかけても届かなかった

太陽と月が
流れる水に光を投げ
長い月日が過ぎたあとに
もう縁はないと思っていた喜びや悲しみが

この身のはかない夢に目覚め
それを知って　消えることのない顔たちが
世俗の海をくぐり抜けて
ぼくたちの灯のほうに戻ってきた

# 櫂

父は川沿いの家に　生まれた
誰も知らない　その水の色
種子はすでに　夏草に宿り
家は塗装がはげ落ちていた　が見る人はいない

世紀が変わっても　父は手漕ぎ舟に座ったまま
船尾を堤に乗り上げて　家の下のほうで
汽車がごうごうと通り過ぎても　櫂にしがみついたまま
時が経った　やっと立ち上がって行ってしまうまで

# イチゴ

　父が死んだとき　峡谷が見えた

谷は　川向こうの　父の生地の船着場から
延びているように見えた　しかし川はなかった

ぼくは砂を耕していた　小さな野菜畑だった
母のために　夕闇が深まっていく中で
ふと目を上げると　農家の荷車が見えた
乾いた灰色で　馬はもう見えなくなっていて
御者はいない　谷に向かって
棺を運んでいく

　　　　　　　　　　そして別の荷車が
谷間から出てきた　灰色の馬に引かれて
少年が御していて　うずたかく積み上げた荷は
ベリーが二種類　ひとつはイチゴだった

　その夜　夢を見た　家の中の
異常なことばかり　みんな　兆しだった
シャワーの水が　塩水のように流れる
父が殺すのを見たことがある　虫みたいなものが

風呂場の壁を　うろうろと這い上がっていた
　朝起きて　階段で立ち止まった
母は　もう起きていて
朝ごはんの前に　シャワーをあびる？
朝ごはんには　イチゴがあるのよと言った

## 昨日

ぼくは息子として落第だった
そうだろう　と友が言う
ええ　そうですね　とぼく

ご両親に　めったに
会いに行かなかったよね　と彼が言う
ええ　たしかに　とぼく

同じ町に住んでいたときにさえ
一ヶ月に一度　会いに行くか
行かないかだった　と彼が言う
ええ　まあ　とぼく

最後にお父さんを訪ねたとき　と彼が言う
最後に父に会ったとき　とぼく

最後に会ったとき
父は日々の暮らしのことを尋ねた
無事にやっているか　そして
ぼくに何かわたしたいものがある　と
隣の部屋にとりに行った　と彼が言う

あっ　とぼく
もう一度父の手のつめたさを
感じながら　あれが最後だった

そしてお父さんは　と彼が言う
戸口で振り返って
ぼくが腕時計をのぞくのを見て
しばらくいてくれないか
話をしたいんだ　と言った

ああ　ええ　とぼく

だけど忙しいんだったら
無理に
いてくれなくても
いいんだ

ぼくは無言

父は言った　と彼が言う
もしも
お前に大事な仕事があるとか
会わなきゃならない人がいるんだったら
無理に引き留めるつもりはないんだ

ぼくは窓の外に目を向ける
友はぼくより年上だ
それで　と彼が言う
ぼくはそのとき　父にそうだと言って
立ち去った

行かなければならないところも
しなければならないことも別になかったのに

# 写真

彼の死後
彼が生前探し続けて
もう長い間
紛失したと思っていた
写真を彼らが見つけた

彼らは
見つけることができなかった人の
心にどんなふうにそれが掛けられていたのか
知らなかった
それが誰の顔なのかさえ
見当もつかなかった

# 並木

森の西端に沿って　背の高い杉の木が一列に並んでいる
木を植えた男は　何千マイルも離れた
南の島からやってきた　そして今　彼の島から何千マイルも
離れた島の出身の　長い間看護師をしていた
最近ちょっと頭のおかしい妻とこの道の先にすんでいる
森の中の小さな住居が修理できないほどに
焼け落ちてこのかた　男は今も時たま訪れる
つる草がからまった箱型の　錆びた郵便受けも
轍に這う雑草の茶色の実にも　目もくれず
男が行ってしまったあとは雉が　隠れ場から叫ぶ
遠い大陸出身の鳥　何かの拍子に大枝が不意に揺れると
黄色い家の壁が見える　窓がある
大枝が見せてくれる鏡　西方の光が満ちている

## ブリーフケース

男は北の果てからやってきた　国の名も言えるよ
頭の形に　刈りこんだ白髪頭
きちんとプレスした　上等の灰色の背広を
骨ばった肩に着こんで　長い袖から
痩せた皮手袋の手を　ブリーフケースに鉤のようにかけて
通り過ぎていったときに　ぼくの顔は全然見なかった
じゃあどうしてぼくが知っているかというと　声と訛りさ
以前ときどき　見かけたことがあった
そのあとどうなったか　思い出せない
それに職業を聞いたことがあるんだ　モデルキャンプの
考案と企画担当　行政官なんだって
どんなキャンプなのか　誰も知らなかった
男はどこかへ行く途中だった　今度も
ぼくは　男が建物の後ろに消えるのを眺めている
頭の上で　木の葉がさらさらと音をたてている
夕方　家々の灯がともる

# ヤシ

ヤシはゆっくりと
姿を変える
ゆるゆると成長する
ヤシの姿を心得ている
種子だったときは
ヤシの種子らしく
花だったときには
ヤシの花らしくなった
ヤシになったとき背が伸びた
ゆるゆると
眼はなく
潮風に吹かれて

# ベリィマン

彼に教わったことを教えてあげよう
当時われわれが
第二次世界大戦と呼んでいた戦争が
おわって間もないころ

プライドはまだ捨てるなよと彼は言った
そんなことは齢をとってからでいいんだ
急ぐと
虚栄心とすり替えてしまいがちだからね

一度だけ彼は
詩の一行にある同じことばの通常の語順を
変えてはどうだろうと言ってくれた
二度同じことを言わなくていい

詩の神様に祈るといい　と彼は言った
膝をついて祈るんだ
ほらそこの隅っこで
文字通りに

髭と酒の日々に先立つころ

彼は自らの深い海を
潮汐のまにまに航海していた
顎をひねって風上に向かう帆船のように頭を傾げて

彼は年齢よりはるかに老けていて
ぼくよりずっと歳上の三十代だった
切れ味のいい鼻にかかった訛りがあって
英国風を気取っているんだとぼくは思った

出版社から届いた出版お断りの返事を
壁紙代わりに貼りつけるといいと助言してくれた
唇と骨ばった長い手の指が
詩にかかわる見解の激しさに震えていた

あらゆるものを受け入れてそれを詩に
変える偉大な力は
情熱だよ
情熱は天の賜物だ　と　そして　詩の運動や革新を讃えた

ぼくは朗読を始めて間もなかった
書いたものがとにかくいいのかどうか
確信できるのでしょうかと問うと
できないさ　と彼は言った

できないよ　確信など持てない

自分の作品がいいかどうか
知らないまま死ぬんだ
確信したいんだったら書かないことだ

＊詩人ジョン・ベリィマン（1914-1972）マーウィン在学中にプリンストン大学で教えていた。

# 黒い宝石

暗闇の中
聞こえるのは　ただ　コオロギの声

南風の葉ずれの音は
コオロギ
磯の波の音も
谷の向こうの遠吠えもコオロギ

コオロギは眠らない
コオロギは瞳
走り　跳ね　飛ぶ
背中で月が
夜をわたる

耳をすますと
コオロギがただ一匹

コオロギは明かりのない地中で生き
根に交じり
風をさけ

音色はひとつ

ぼくは発語の前に
床下の
コオロギの声を聞き
夏を想った

ハツカネズミも盲目の稲妻も
コオロギの声を聞きながら生まれ
臨終のときにも聞く
陽光はコオロギの声を聞いて角度を変える
コオロギは生きても死んでもいない
コオロギは死んでも
やはりコオロギ
がらんどうの部屋にコオロギの縁起が
こだまする

# 樹林の雨

*The Rain in the Trees*

## 晩春

長い歳月のあと　今また天井の高い部屋に入っていく
海を渡り　山の影を歩み　偽りの声を聞いたあと
人を亡くし　階段の足音を聞いたあと

求め　過ち　忘れたあとのことだった
相変わらず見知った顔ばかりだと思いながら
振り向いたとき　そこに
あなたがいた
白をまとって座って
すでに待っていてくれた

あなたのことは元から
聞いて知っていた
あなたのために一度ならず
ドアを開けたものだった
すぐ近くにいるはずだと信じて

# 最初の年

ことばが他のいろいろに
使い尽くされてしまったあとに
ぼくたちは最初の日が始まるのを見た

水のささやきと
黒い枝々から
あなたの指先ほどの葉が
古い滲みのついた塀のこちら側に
天の樹に巻物をほどくように開いていった
今まで射したことのなかった
緑の陽光

目におさめたのは
共に目覚めたぼくたちが最初だった
そのときぼくたちはみんなと仲間だった

どんな言語もかかわりのない
最初の年が立ち上がった

## 影が通り過ぎる

不意に明るい陽を遮る小さな雲の
地図を見ながら思い起こす
われわれは遠くの灯が近づくにつれて
大きくなるような具合に理解を深めていた

炭鉱地区でのことだった
のこぎりでひいた骨ばかり
顔また顔がそれぞれの黒い戸口に座って
白昼に暗い穴を睨んでいた

川と淀みの
水は潤沢に
石炭会社の社長たちの
夢を湛えていた

そしてでこぼこの坂の上の
教会から
復活の賛美歌が昇った
そのとき陽光が戻った

# 歴史

ただ　私は戻ってこなかった

門は開いたまま
夕刻私があとにした農家の庭
乳を搾る時刻
黄金色の空
フクロウがネズミを捕らえて帰っていった
そして私は琥珀色の丘のほうに折れ
灰色の崩れた石垣に沿って歩いた
傍には背の低い苔むした樫の木々
錆色の灌木のアーチに熟れたクロイチゴの
蔓がからまり長い影を投げていた
クロウタドリの最後の歌声の中を通って
いにしえの径をのぼり
生き残った農場を通り過ぎた
石垣は黒い川と
荒廃した農場に沿い　壊れた窓は
顔を背けて
誰にも知られないまま
死んだ羊飼いたちの牧場を見渡していた
終わり近い夏の　花も枯れた雑草が高々と茂り

住む人のいない戸口が
最後の樫の木々の腕のほうを見やっていた
そして夜　壊れた煙突が
隕石の冷たさを見つめた

梁が全部崩落してしまって
暖炉のまわりの茶色の家畜の群れに交じり
黒い木々の陰で家屋はついに
本来の芳しさを宿していた
キノコやフクロウや
セミの鳴き声

むかしメモを書き込んだ
書物があったが
書物は閉じられ
旅の伴侶となり
誰もその言語を知らない
国に持っていかれた

扉の内側の
住所さえ
誰も読むことができなかった
書物は
言うまでもなく紛失した

それは銘記すべきことばに充ちた本だった
こうしてヒトはそのことばを無視して生き延び
こうして自然は生き延びる
ヒト不在のままに

私はすぐに戻るつもりだった

# 雨に目覚める

誕生日の夜
和気あいあいの
夢から覚めた
不意に老人の声　父ではない
とぼくは言ったが　父の
声が聞こえた
苦しそうに喘いで
窓のすぐ外の
石段に倒れこみながら
ぼくの名前を呼んだ
雨が降っていた
目を覚ます前に
父は何度呼んだのか
しらない
ぼくは空っぽの家の
両親の部屋に
寝ていて
両親はともにその年
亡くなっていた
あたりは
雨の音ばかり

# 視覚

かつて
ひとつの細胞が
ひかりに満ちていることを自覚して
はじめて視覚が生まれた

ぼくが
小鳥だったとき
星のめぐる軌道が見えて
ぼくはぼくの旅に出た

背の高い
シロイワヤギの頭の中では
谷の向こうのきらきらする木立の下で
何かが動いているのが見えた

深い
緑色の海では
水が両側に見えて
その狭間を泳いだ

ぼくは

夜明けの光の中に
あなたを見る
いつまでもできるかぎり

## 先を行く

君が生まれたとき
ぼくは都会の幼い子供だった
誰かが君のことを知らせてくれたとしても
ぼくは信じなかったと思うよ

もうそのころは日なたのバケツの水のそばで
鎖につながれた猿を見たことがあったし
木造の塔からも石の塔からも
レンガの塔からも鐘が鳴るのを聞いていたし
飴をもっている手の包帯に血がにじんでくるのも
背の高い鳥が立っている緑色の水に
影がきらきらしているのも見たことがあったし
電車の音も
三つの川の匂いも知っていて
そういうことをみんな君に教えてあげることもできたんだよ
君がそこにいると知っていたら

# 発話

ことばに拘泥して座っていると
夜ふけにささやくようなため息が聞こえることがある
遠くではない
松林をすぎる夜風や潮騒のように
今まで口にされた
ありとあらゆることばのこだまが
いまもその一音節を紡いでいる
大地と沈黙のはざまで

# 追憶

暗いにわか雨をくぐって
ぼくは山の端に出た

ぼくは子供だった
なにもかもがそこにあった

ずうっと下にある谷を見張っている
鷲　つわものどもの行進

崖の上の風　岩壁から
吹き上げられてくる冷たい雨

まわりはみんな燃え尽きていて
ぼくは帰る途中だった

緑の低いしげみの間の焼けた杭を踏んで歩いた
肌までびっしょり濡れて目は冴えていた

## 居場所

世界の最後の日には
ぼくは木を植えたい

何のためか
果実がほしいのではない

あの果物のなる木は
植樹された木ではない

太陽がすでに
沈みかけているとき

初めて大地に根をおろして
立つ木がほしい

そして水は
死者で溢れる大地にみなぎる

その根に触れ
その葉の上空には

雲がひとつまたひとつ
通り過ぎていく

# 証人

森がどんな様子だったか
お話したい

忘れ去られた言語で
話さなければならないのだが

# ノック

ドアのノックが聞こえる
けれども　誰も戸口にでない
波のくだける音が聞こえる

フロリダからの汽車の旅
母が桃をすすめてくれた
ぼくは三才だった
欲しくなかった
男の白い上着が
母の皿の桃をトレーに乗せて
通路を歩いていくのを見た
静かな悔いがわいた

飛行機が唸りながら静寂に突入する
生きているかのように
前進しつづけなければならない
疾走する先は既知の世界
拒むことなどできはしない
が受容すればお陀仏

ぼくはドアを開ける

# 旅

*Travels*

# アンボンの盲目の千里眼

私にはわかっていた
私のルーツは言語がちがうということが

今もう目が見えなくなってさえ
私はことばにたどり着く

しかし木の葉や
貝殻はずっとここにあった
それらを認める私の指に
語り尽くせない光と深みがこだまする

私は裏切られて天職に導かれ
栄達を拒まれた
変人と思われていただろうか
暇があれば常識では価値のない
生き物たちの面倒を見ていたのだから
言語が波のようにひとつまたひとつ寄せ返す

地震で
家屋が倒壊し
妻を亡くし

娘も亡くした
なにもかもが唸り声を上げ静止し
日中　もとあった場所に
崩れ落ちた

私は花に妻の名をつけた
花の名で黒く輝く
そこにいない妻を
呼ぶことができるかのように

火事で
私は花の絵の多くを失った
花々の
素描を失った
初めの六冊は海に消えた

それから花自体が
なくなったのを見た
花は実際になくなっていた
私は見た
妻がいなくなったのを
それから娘がいなくなったのを見た
のちに私の眼そのものがなくなった

かつて私は

無数の小さな生き物たちを
見ていた
明るい砂の上だった
そして次の日はこれ
調べを追って耳をすますこと
そう　私は今こうして見ている

私は貝殻を手にとる
貝殻にも私にも新しい感覚
薄さ温かさ冷たさに触れる
私は水に聞き耳をたてる
それは湧き上がる物語
私はさまざまな色やその命を思い起こす
なにもかもに私は驚く
暗闇の中でみんな生き生きしている

＊アンボン（Ambon）はインドネシアの港町。盲目の植物学者ジョージ・エバハード・ダンプフ（1627-1702）は、オランダ領東インド諸島（インドネシア共和国の旧称）に住み、著書に *The Ambonese Herbal*（アンボンの草本）がある。

# 河

とうとうワニたちは都市にやってきた

すでに自分たちの文明の破滅で生き残った奴らは

公園に住んだ
彼らの目の中には鉄の柵があり
鳥の足のような丈の高いイグサの
しげる水が　そばにあり
見慣れた木々も頭上にあった
そうしてワニたちは泥の中で
動かないように見えた

が、ずっと目を覚ましていたのだ
柵の向こうで形や色が
流転する都市を見ていた

はたはたと動く口や歯や
足やこどもたちや手を目に留めた
車になって流れ過ぎた
ビルの階段を一階また一階と昇った
わめき　姿を消し

眠っているように見えたが決してそうではなかった

体内では会話が電線の上を
目にもとまらぬ速さで動く光のように疾走した
ワニたちは相変わらず動力源であり銃の姿で待ち伏せていて
目は閉じていても燃えていた

同時に賞賛されかしずかれ
遠くから会いにくる顔も多かったが
それも　たったいちどだけ
ほんのひとときのことだった

ワニたちが目をこらしていたのは
忘れることも思い出すこともない
黒い河だった

## 月の光景

月の光について
あたらしいことは誰も
教えてくれない
繰り返し自分の目で
存分に見ているのだから

自分の目に見えた通りの
月の光が他人にそのまま見えることはない
話はさんざん聞かされても
他人のことばだから
眠くなるのがオチだ

写真におさまっていても
別の場所　月の光の中の
生気は失せている　韻を
踏まれるたびに消えてしまう

頼りにならないし
大して役にもたたない
どこかに送ることも売ることも
自分のためにとっておくことも

いなくなったときに呼び戻すこともできない

しかも
海をくっきり照らしていても
葉叢で生き生きしていても
そこにいないのは
見なくてもわかる

## 雨の旅

暗闇で目を覚まして
一人で旅に出なければならない
朝だと思い出す
夜明け前の暗い時の流れに
耳をすまして横になっているぼくのそばに
あなたはまだ眠っていてまわりには
夜でいっぱいの木々が傾いて息を潜め
寝ても覚めてもぼくたちをささえる夢を見ている
するとぼくの耳に、ひとつ、またひとつ雨粒が
見えない葉の中に落ちるのがきこえる
いつ降り始めたのだろう
突然　雨のほかに音はない
家の下の小川が
駆り立てる闇の中に
唸りながら流れ去る

# 搭乗券の裏に

空港で一人自分がどこにいるのか
思い出せない　そんなふうにつくられている
くりかえしくりかえし莫大な費用をかけて縦に
引き裂いてこだまが重なり合うまで引き伸ばしたような通路
何日なのか思い出せない　この照明では
一体何時だろう
時計を二つなくしてしまった　同じ朝だ
ひょっこりまた出てくるかもしれない　時計は
買えても　朝は買えない　目覚めて恒常性の消失と
出かけたくない思いにくりかえし戻っている今朝は
先の突然の豪雨のあと　黒い犬が水を伝って
入ってきた垣根を修理するはずだった
ぼくは住まいのある谷のまわりにたびたび
糸を張りめぐらせようとしていた
しっかりとずれないように結び目をつくって
変わることがないように
あたかもこれが目覚めであるかのように
このうつろな　この旅　この移動

# 石造りの村

古い石垣が見えたとたんに雨が
あがった夏の盛り
くすんだイバラとまわりの
もう白や黄金色になっている丈の高い草が
寄せる波のように家屋を隠していて
胡桃の林の影とイバラをぬって
静まり返った村に通じる　轍のついた
小径からは家は見えない
もう昼下がりだった納屋の向こうには
イバラの波頭から家屋が干乾びた姿で立ち現れたあとも
谷間がひろびろと影のように
かすみの中に横たわっていた
数知れない日々の陽光が再び床の埃を横切り
農地も石造りの建物も肩をすぼめている
家畜は納屋で目覚めていたものだがもういない
子供たちは帰省していたけれど戻ってしまい
雨は永遠に止んでしまったようだと村人たちは言う

# 夏の夜

長い歳月のあと　東の雲が明るみ
暮れなずむ夕べに月がのぼる
寒冷な年の真夏をすぎたばかり
眠たげな谷間に向かって北向きに開いた
石造りの部屋をバラの匂いがゆらゆらととおる
くるみの木の節くれだった枝や荒れ果てた
眉のような納屋が
夜の高みに昇る銀色を背に
黒ずんでいる
ずいぶん長い間慣れ親しんで
自分のもののように思えるのに
見なくなってもう久しい
身に染み込んでいたのだろう
昼間そこにあると気づかないで
話していても目の光にも旅の間にも
窓にも　ずっといつもそこにあった
向こう側に別の時からの前世と来世からの
顔見知りのようにいつものぼり今にも姿を見せそうな

## 春がすぎて

干草の初刈りが終わった静かな夕暮れに
不意に夏がきた
この土地のなにもかもを知り尽くして
もうそれほど遠くに影が届くことはない
薄暗い斜面の緑の肌
晩い陽光の中に
すっくりと立って動かない白髪頭たち
夜明け前の雨と
緑の水がしたたり影のない朝の話をしている
なにもかも昔も今もかわることのない
なじみ深い夏の顔たち
ことばひとつなく変転する
水の顔また顔

# 雌狐

*The Vixen*

# 狐眠

何年も前　友と山越えの道中
　坂がゆるやかに曲がると澄んだ水が
捕まえることも忘れることもできない響きをこだまさせながら
　黒い岩をすべって跳ねるように流れ落ちていた
秋も終わりかけていてすでに
　朝は冷え込み陽が昇ってしばらくたつのに谷間には
乱れた雲が残っていて牧場は屋根のようにへこんでいた
　一筋の陽光がガラスのような水とまばらなポプラの木の
ひらひらと黄色い葉と節くれだったスモモの木を照らしていた
　流れのそばの人気のない粉挽き小屋の屋根のスレートが
白く光っていた　そして昔の暮らしをしのばせる品々が
　もともとの役目を終え
開け放しの粉挽き小屋の前に並んでいて
　ひろびろとした山に注ぐ陽光に色あせて人待ち顔
品々に置く露は乾きかけていて
　珍しい一品なり名もない品一つなりと
通りがかりに買って帰る者は稀だった
　木造の寝台が岩の上に置いてあり
埃の色をした揺りかご　ひび割れた油瓶　鉄の壺
　木の輪鉄の輪石の輪丈の高い時計の外箱
そうしたガラクタに交じって両腕を輪にしたほどの

白い石の輪が同じ大きさの石の輪に取り付けてあって
昔は挽臼の取っ手がはまっていた場所に
鉄の大釘が突き出していた
よく見ると下輪に接した上輪に
鼻を尻尾に埋めて横たわり眠っているように見える
狐の姿が昔は彫りこまれていたと見て取れる
穀物や塩を挽きぐるぐるぐるぐると回っていた部分の
その姿は磨耗してほぼ消えている
暗闇の中に入りそしてなお記憶しつづけるために

＊＊＊

捨てたと思っていたものがまた見つかることがしばしばあった
しかし記憶ではあると思ったものを探しにでかけると
大方の予想通りそこにはなかった
自らのなすべきことを求めて立ち去ってみると
自分はよそ者なのだと思い知った
しかしもとの場所に引き返してみると見慣れた光景は
なにもかもが皮相で不透明でおさまりがわるかった
そして私がよそ者だった場所が　私にとって
心のやすらぐ場所　人と親しく付き合い
去る準備を整え　立ち去る場所のように思えた

＊＊＊

衆が集い彼が開眼について
　説く度に立ったまま聴いていて　他の者たちより
先に立ち去る老人がいたが　ある日その老人が
　居残った　彼は老人にあなたはどなたかと問うた
すると老人は答えた　私は人ではない
　幾多の転生以前に私は師が立っておられる場所に立っていた
そして人々は私の前に集い　私は開眼について説いたが
　ある日その一人が私に問うた
実際にそこに在るものに開眼した者は
　因果の縛りから解放されるのかと
そこで私はそうだと答えた　すると私は狐になった
　そして狐のままで五百回の生を経た
私は今どうすれば狐の身から放たれるかと
　問いにやってきた　どうか教えて欲しい
実際にそこに在るものに開眼した者は
　因果の縛りから解放されるのか
その者はもののありのままを見ると答えた
　老人曰く　開眼の礼を申す
私を狐の身から解き放ってくださった
　狐の身は山向こうにある
お仲間の一人として埋葬していただきたい
　その夜　彼は仲間の葬式を発表したが
衆は死んだ者はいないと言った
　そこで彼は山向こうの洞穴に衆を導いた
するとそこに狐の屍骸があった

　そこで彼は衆に一切を話し衆は狐を
仲間として埋葬した　しかしのちにその一人は
　彼の答えが毎回正しかったらどうだっただろうかと問うた

＊＊＊

私はそこにいて　再び立ち去るところだった
　そして何もかもが変転している中で
何事も変わらないままのように見えた　しかし今回は
　決別のときだった　長い結婚生活が終結し
周回の軌道は突然霧散した　が　秋は巡ってきた
　農場を照らすなめし皮色の陽が
日に日に長くなり　静かな午後は
　距離を円熟させ　ついに太陽は谷の向こうに沈んだ
そして満月が木々の間から昇った
　私が生まれた季節だった　夕方
私は友人たちとの別れに出向き
　真夜中をすぎて月下に白い道に沿って戻った
縞模様の影を踏んで歩きながら前方に
　広く静まり返った銀色の光を湛えた谷を見ていた
するとそこに今まで何度も戻ってきて
　今去ろうとしているこの土地の角の
色あせた石を組んだ石垣の根元
　草地に死体が横たわっていた　狐だった　雌狐は
死んだばかりで　何が起こったのかしるしはなかった

　出血はなく長い毛衣は露を置く草むらで温かく
骨折も損傷もなかった
　抱いて帰った雌狐が
命を落とした清澄な秋の朝
　庭に埋め陽が翳るまで立ちつくしていた

＊＊＊

黄色い数珠のようなベンケイソウと
　歪んだ旗のように干乾びたアヤメの花が
苔と石灰岩の粗い肌の凹凸にへばりついている
　波をうつようにつづく低い石垣の上
イタチが走ったところにキズタが這っている
　陽光が家の煙突の傍の小径の上に
桜の木の残り葉を黄金色に点していて屋根と
　窓が夏も冬も庭を見晴らしている
家の下のほうに牧草地がある
　そのずっと下のほうは幅の広い谷あいになっていて
蛇行する川の幅に切り取られた空が川を縫いつける
　そこから鐘の調べが煙のようにかすかに昇ってくる
そしてあの谷の向こうの石垣の縁の上のほうに
　山々が一列に並んでいるのをもうすでに
忘れ去ったと思っていた文章の
　一行のように認める

# 門

昔　戻ると　ちょうど紅葉が散り始めていて
　切株で黄褐色に染まった細長い牧場の向こうの林の梢を
波のように飛び交うカササギの鋭い鳴き声に交じった
　牧場には羊の群れが薄墨色の明かりを運ぶ銀河系のように
緩やかに巡りながら自らの影に足を浸し彷徨っていた
　足もとの茎はささやき陽は麦わらから輝き出て
石垣が途絶えるところまでずっと伸びていた
　そこから小径は下り坂になり古木の林を抜けて曲がり
崖に沿っていく私はそこで立ち止まって
　いくつもの生垣と牧場が落日前の輝きを湛えて
仰向けに寝そべっているのをいつものように見渡した
　一つその下にまた一つ段々になった牧場が
下のほうの川に寄り添う靄のあたりまで続いていて
　それぞれが空のように思いのほか広く
あぜ道には羊が熱い溶岩のように走っていて
　鈴の音がからからと遠くから漂いのぼってくる
影が牧場からのぼってくるのを眺め　向きを変えて
　坂をのぼり頂の門をくぐってしんがりの納屋に着いた
陽はまだ沈まず私の影は長く伸び
　高台に至りそこでは乳を絞っていた
そんな時間だった　友たちはみんなそこにいるようで

　会釈を交わし話しながら一緒に門のほうへ後戻り
日没の光にみんなの影が山並みに沿って
　遠くで身振りをしているのを闇が包みこむまで話し続け
話し足りない気持ちでここに立っていた
　秋の暮らしのあれこれを話しながらここに立っていた

# 敷居

ツバメたちが玄関の扉の上のガラスの割れた
　一列の窓から出たり入ったり流れるように飛びながら
初夏のことやら巣のことやら日長のことやら
　前からの相談事の続きをなにやらしゃべり続ける
そして会ったこともない住人たちの足が
　水のようになめらかにすり減らした石の敷居に
扉を開けておいてベッドを運び込むと
　梁のツバメたちの空家がはらはらと塵を落とした
振り返ると何一つ見覚えがなかった
　羽音が耳をかすめ遠くで声がする
残響の中に独りいる闖入者のまわりに
　ツバメは息を潜めコウモリが吐息のような軽さで出てきた
思い出せることがあるにしろそれをどうしろというのだ
　予知しなかったことばかりが身のまわりに起き始めていた
もっと後だろうと思っていたのに待ち伏せていたのだ

# 網

私たちは川べりに座っていた　陽光が
　目では追えない緩慢さで陰っていく夏の盛り
桃色のもやが向こうの島の背の高いポプラの木立の
　向こうに立ちはじめ　晩いツバメが
ブユをすばやく捕らえる
　ガラスのような浅瀬には
薄墨色の霧が羽毛のように立ちはじめていた
　鱒が手を打ち合わせたような音を立てて
お金の話をしている低い声の向こうではね上がった
　瀬音が駆け抜け長靴は前世の水の匂いをかこち
うずたかい網は魚の死の匂いを放っていた　私は今や
　夜が独自の眼で川の許に来る様子を忘れることはないだろう
それから暗くなり川の明かりで私たちは
　最年長の者がまず立ち上がり輪にしたロープを下ろして
音の中に消えていくのを見た　それからひとりずつ
　その後につづいて足を冷たく引き入れる流れに下り
丸まった小石が足の下で滑るのを感じながら
　星明かりの水面の上を渡るかすかな声につれて網を解き
ついにそれぞれが独り瀬音だけを聴きながら立ち
　見えない魚が私たちの傍をすり抜けるあいだ網を支えていた

# 死

家が焼け落ちてしまいそうだったその翌朝
　古い材木や虫に喰われ埃のたまった梁を取り換え
蝶番を修理し澄明な秋の陽に新しい窓ガラスのパテが
　まだ柔らかかったある夜　火が勝手に
暗闇の中に忍び入り扉や天井の匂いをくぐったのだった
　地下室での焔がやっと治まりかけたころ
煤をかぶり血眼で黒い水溜まりの水を蹴って歩いていて
　隣人たちも葡萄園の噴霧器のホースで
隙間に水を注入してくれて　えぐい蒸気が
　みんなの呼吸に執拗にからまっていたとき
村から電話の知らせがとどいた　父からだった
　旅を思い立った　びっくりしただろうと言う
火事のことには一切耳を貸さないで
　両替のこと出迎えの場所のこと
聖地への電車の便のことを尋ねた
　初めて訪れる国を見せてあげようと
出迎えた駅から遠回りしたのに
　父は何も見ていないようだった
それが一度きりになると私は知らなかった

# 干ばつ

夏が深まり　根は退く水を追う
　長々と寝過ごしたときのような
なにか大事に出遅れて
　行列の騒音が遠ざかるのを聞くような
四月のような露の世のような　ことの始まりのような感覚で
　今や瀕死の枯れ草は虚空に向かって
雨の音をたて　ひび割れた畑の小麦は色を失い
　牛はだんだんと森の奥ふかく樫の木陰の
涸れていく溜池のほうへ導かれる　そこでも
　茶色の葉が細々と手を閉じて落ちていき
むき出しの荒地では熱にうかされた陽が影もなく震え
　セミの干上がった叫びが太陽とともに昇る
コウモリは光を避け隙間で身を守る
　石の屋根の下ではブドウの見張りを生業とするものたちが
白い石の畦の向こうにキツネのように睨みをきかせているが
　無色の灼熱の陽の下　見渡す限り
未熟のブドウの房を垂らしている
　干からびた腕の列また列ばかり

## あのとき

幼かったあの日　サーカスからの帰り道
　夜遅く初めて乗せてもらった古い車の
一番うしろの覆いのない席で　今の私なら若いと思う
　あのときは妙にいい匂いがして
クリスマスみたいに信じられないと
　思った　女の人の膝でぼくの頭は漂っていた
そうねずいぶん遅くなったわねと低い声で
　何度も応えているその人の息が　頭の上の
寒い夜の中にしろく飛んでいくのを見ていた
　頭の上ではむき出しの星たちが　川のほうから折れて
暗い崖に沿っていく車の音がこだまする中をめぐっていて
　葉のない黒い木の枝の下を通りすぎるとここはもう朝だった
知り合ったころにはもう腰も曲がっていた友が　あのときは
　若い盛りで霜が真っ白な小径に沿って牛を追っていた
今は近所に住んでいるたくましい彼の息子はまだ赤ん坊だった
　尾根からずっと下の石垣が鉛筆で書いた線にみえる
白い平地まで森が毛皮を着せていて
　前を行く牛の首の鈴がひとつ冷たく明るく響いて
カラスが平坦な牧場と早朝の影をまたいで呼び交わした

# 高地の家

玄関の扉は鍵もかかっておらず一日中ずっと
　板壁の隙間から陽が差し込んでいた
いつもと同じにそこでのそれぞれの生活を通って
　光の一条の命は極めて緩慢になめらかに滑っていたから
誰かが気づいたとしても動いてないように見えたにちがいない
　しかし気がつくころには消え去っていた陽は　心のまま
なめるように動いた　磨り減った床板　その隅の黒ずんだ
　ベッドの脚元　テーブルの端　もとは白かったレース編みの
テーブルクロスの上においたままの皿
　黒い天井のふくらみの下の瓶のロウソク立ての染み
あちこちのくもの巣　暖炉に張り付いているイバラの根
　一筋の光はあいかわらずそれらの上を滑って
なにも持ち去ることはなく黙したまま
　自らの透明な元素を透過していった
私はその動きを見守っていたが思い起こしたことはみんな
　言語の異なる国での出来事だった
あの家を思い起こすころには私はもとの私ではないだろう

# 雌狐

静寂のほうき星　過ぎ去ったものの姫君
　震えもなく声もなく音もなく持続する超音
漆黒の霊気　守られた秘密の　はかない夢の
　破壊された物語の　守り主　ことばで
捕らえられたことのない文章　川の行方の看守
　その表層の触感　消え去ったものの巫女
隠された場所と別の世に開く窓よ
　道路わきの石垣の裾に待つでもなく忍耐強く
私が生まれた時刻の秋の満月の明かりの中
　君はもう私を見ても炎のように消えることはない
君はまだ君にふりかかる月の光よりも温かい
　今も君は無事で　今もいつものように完璧なままだ
今　息を潜めた夜を　片脚の橋を　君が足取り軽く渡るとき
　私は君を想う　君の足音が聞こえると私の足裏が応えた
君を見ると　私は覚醒し　暦からも
　私の人生の常だった不和や矛盾に満ちた信条からも
崩れかけた虚構からも抜け出した
　しかし君の力が失せたとき
何かが終わってしまった
　もう一度石垣を越えていく君の姿を見せてくれ
そして庭が絶滅しないうちに森がスクリーンにガタガタと

写る映像と化してしまわないうちに
私のことばをしかるべき場所に導いてくれ
動物たちに倣って沈黙の中に

# 賜物の日

目を覚ますと秋が深まっている
　土砂降りの雨は上がり　陽の光はまだ
自らの影で暗い葉叢の先に届いていない静寂
　自宅にいるという思いがもどってくる
ゆるやかにさわやかさがひろがる朝の
　ここにいることのすみきった高揚感が湧き上がる
音もなくひっきりなしにそればかり
　それからわけがわからないままに
失せていた記憶がひとつまたひとつふと浮かんでは消える
　友を思いながら橋の上をあるいていた昼下がり
友はまだ元気で取り壊し中の建物の扉がひとつ
　過ぎ去る街を横目に風に乗って下っていく
今のぼくの半分の歳の母がずっと前に取り外した窓の傍にいて
　同じ部屋に友たちがいて　ことばがまわりで夢見ている
動物たちの目はぼくに注がれ　みんながここにいる
　冬の花々へと向かう途中の
朝のさわやかさの中に　曙光の中に

# 瞳

*The Pupil*

## 予言

年の終わりに星が消え
大気が息を止め巫女シビルがうたう
まず彼女にしか見えない暗闇をうたう
うたい続けてついに彼女にも見えない
時が存在しない闇に至る

誰にも聞こえないが彼女はさらにうたい続ける
私たちに日毎もたらされ
身のまわりで色を変えるすべての純白の日々のことを

彼女に見える前に発する
目の奥深くからの光が

誰も信じなかったそのことばを焼き貫く

## 闇の中を飛ぶ

夜ごとの雨があがり
十二月の大きな蛾が群れて
緑色のシュロの葉をぬうように
ゆるやかに歳の瀬に漂い入る

真夜中近く扉の上の
蛾の目を見ている
冬至に近い
太陽の思い出

闇を織った蛾の羽が
闇の思い出が
時を刻みながら飛ぶ
この夜を記憶におさめながら

# こどもの頃の火事

あの日曜日　山並みをぬって車で家に戻った
曇りがちな春の復活祭の日だった
川べりの木立はまだ裸で
父はイギリスのどこかに行っていて
めずらしくラジオがついていた
音が遠のく度に局が変わり
ガサガサと紙をこする
音にまじって同じニュースが流れた
話し声の向こうの遠くで一晩中
爆弾が次々にロンドンに落ちていて
都市が燃えていたサーチライトの光が
煙を通って上向きにさぐる中
打ち返す波のように爆弾が落ちていても
セント・ポール寺院はまだ無事だった
ぼくはアリスをずっと見ていた
ローラースケートですべるアリス
ピアノの椅子に寄り添って座るアリス
アリスをずっと見ていた
デブの従兄がいつか床に座っているのを
見たからなにもかも見えたと言ったアリスを

# 契機

子供のころに住んでいた土地で
私よりずっと前の世代に　人々は
黒い河が土深く眠っているのを発見した
黒いガラス　葉脈状に分岐して流れる夜の石
古い手触り　彼らはそれが自分たちの燃料だと信じた
しかしそれを目覚めさせた者たちは
そのために死んでいった　家の戸口で陽に当たり
黒く汚れた日々に息を吐きかけながら
それでもそれはガラスのように割れ
河よりも古い河の面のようにきらめき
磨かれて眼にされたが
ダイヤモンドになる前に眠りから覚めた眼は
現在の光から私たちにわかる　または
見えるものは何も取り去ることはなく
消失した万象に気付くこともない
しかし将来起こるはずのことを見据えている

# 広野

稲田の霧が玉虫色に光り
遠くの山並みに薄墨色の魚が走っているが
まるで動いていないかのようだ
近くには筒形に巻いた藁束が剃りたての牧場に野営し
まどろみながら冬に向かう道路は精一杯
生きながら自らの中に向かって未だ見ぬときに
進み入り眠る　そのあいだ光は始終一瞬前から
出てくるように見える　なにもかもが
行きずりに見る雲のようにありふれているのに
ことばでは距離を伝える方便しかない

# 年の暮れ、マオリに

君にはもうぼくの声は聞こえないと思うのに
君はあいかわらずぼくの言うことを聞いている
君がいつも音楽に耳をすましていたように
老友よ　ぼくが三万の日々の光を通り抜けて
耳をすましていても聞こえない
なにが君には聞こえているのか
ぼくには捕まえられないなにかが今も君には聞こえている

＊マオリ　マーウィン家の飼い犬。老齢のため耳が聞こえない。

## ことばの飛翔

冬の間も木に残る枯れ葉がある
木の葉のうちに苦しみがあるのかどうか
もともとあったのかどうか
木に残っているあいだも
生涯ずっとまわりにあった
空気に乗って飛び去るときにも
始終耳をすましていても
木の葉の話すことばの何が記憶されないのか
知らないままに春がめぐる

# 高み

暗い朝が　ほら君はまた忘れてると言う

渓流のそばに野営する山々
削掘した池
引っ掻いて穿った高みの窪み
金色の爪跡
そこに君が入ったことはない
そこから何が見えるのか

虚構である過去でもなく
過去である現在でもない

君は震え上がって立ち尽くすばかり
めくるめく神様の御前で
空気にすがりながら

あの同じ
調べを聞きながら

君はいつも忘れる

# この正月

そうだね　何週間も続いた雨が上がった
夜　ぼくたちに見えなかった分だけ
遠ざかった天空の冬の星たちは
遠くの光の中で今も
重元素を生成している
それは星たちがいなくなるとき
毛髪より何倍も微細な
塵になって舞い上がり
暗闇の中をすさまじい速度で旅しながら
互いを認め合い
この世のぼくたちの身体になる
雨上がりの寒い夜
寄り添って見上げるぼくたちの

# ここにいる君

*Present Company*

## この五月に

心について今や格段に
知識は増えたと聞かされても
万物は今もひとつずつ訪れるようだ
日　年　季節が　そしてここには
また春がめぐって　春の鳥たちは
石垣の穴に巣ごもり
春の朝は明け初め
陽光は動かないふりをして
移ろいはじめる

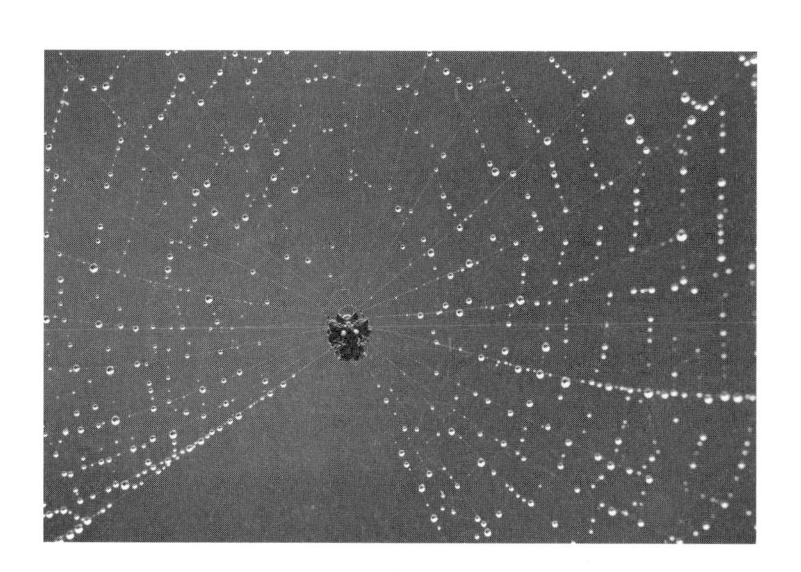

## 魂に

誰かそこにいるの
もしいるとしたら
君は本物かい
どっちにしろ君は
一つなの　複数なの
複数だとしたら
そっくり全部まとまってるの
それとも
順繰りに答えないことにしてるの

君の答えは
問いそのものなのかい
終わりのない
問う行為を耐え抜いて
それって誰の問いなの
どんなふうに始まるの
どこから来るの
問いはいったいどうやって
君のことを見つけたんだろうか
自分の
声を跨いで

自分自身の
無知だけに頼ってさ

# 鏡の中の顔に

君はいつもぼくのほうを
逆だけどぼくの目鼻立ちにちがいないと
ぼくが思うもののほうを向くから
君はどこやらから見返した
ぼくだけを
見ることができるようだね
それはこの瞬間の
ここでありながら
逆向きでもう
どこでもない
絵なんだ

それで君は
どの位の距離にいるのかい
つまるところ
こんなに近くて永遠に
手の届かない君
来る日も来る日も
今は白髪頭の君は
今もぼくを驚かせる
過去現在未来

どこからともなく
ぼくを見つめ返す君
体重も名前もなく
自分の意思もない君
ぼくの姿が
君の瞳に光っている

それがぼくだとどうやって
君にわかるのかしら

# 去りゆく君に

やっといま
君は春の終わりだと
ぼくは気づく
雲が
空の器のような
くぼ地の上を
過ぎていく
音もなく
露はまだ消えないまま

小鳥が窓辺にベリーを置いていく

——ポーラ

## 母に

この夕刻ぼくはまさに
あなたが亡くなった齢になった
ぼくは何層もの雲を通って
何十年もの歳月を透かしてみる
庭であなたは暗い
秋の空を見やっていた
その何ヶ月も前にぼくに言ったのだった
思いがけなく華やいだ声で
わたしは年寄りよと
そして自分の声の響きに
おかしそうに笑った
あなたはぼくが物心ついてこの方ずっと
死は怖くないと言っていた
あなたの声音が
ぼくにも怖くないと教えてくれた
今夜は雨よ、とあなたは言い
立ち上がって家に入った

ぼくがあなたを知る前から
あなたは度重なる死を見ていた

今ぼくは別の庭に降る
雨を眺めている
あなたのことばが頭の中で聞こえる
ぼくがまだ三十歳になる前の
冬至のことだった
ぼくが生まれた日の
あなたの齢とぼくは同じ齢だと
ぼくは数と数の狭間を
無数の日々を通って滑り下りる

# 兄に

お母さんは君に手紙を書いた
君が生まれる前だ
ある程度ときが過ぎたあとで
君が開封するはずの手紙だった
万一自分がそこにいない場合にそなえて
君の姿を見る前に
君を待ち望んだ
自分の気持ちを
君に伝えるために

それはぼくが
生まれる前の話で
そうはならなかった
君はその手紙を目にすることはなかった
お母さんは君を目にすることはなかった
みんなが君は玉のような子だった
数分のうちに亡くなって
その分だけぼくより先だったと言い
顔を背けた
そして手紙は母が亡くなったあとに
ぼくが読むことになった

そして君は一言のことばもなく
すでに返信していた
ぼくが生まれて
君のことを知る前に
未知の兄
玉のような君
はじめての子よ

# 蚊に

自分の声を聴いてみろよ
「ミー　ミー　ミー」
「ミー」一点張りじゃないか
声がなくても
向こう見ずでも

どっちみち歌うんだ
「ここにおいらがミー
出てきた　お前の血がほしい」

ぼくたちはなんというか
親戚だとでも言いたいのかい
血縁ってやつ
君のたくさんいる子どもたちは
まあ血でつながった
ぼくのなんとかなのかもしれないが
飛べるのは天の賜物だね

水の上できらきらする光のように
かすかな翅に乗って
翅が運ぶ　死をともなって

ぼくのせいでここにいると
言わなくてもいいよ
ぼくのいるところに
どこまでもついてくる
ぼくの呼吸で君はぼくを見つけ
ぼくの肉体が生きているから
ぼくが何をしていても
君は近くにいたいと汲々としてる

ぼくたちは個人的な
付き合いじゃないけれど
君はぼくを認識し
ぼくは君の生活圏を整える
あたかもぼくのほうに
借りがあると
思ってるみたいじゃないか

# ポーラに

二人の思い出の歳月は
どこに行ってしまったんだろうねといつもいぶかる
そしてぼくたちは夜中に手をまさぐりあうように
すぐ近くにあるはずだと知っていて
つい今しがたここにあったこの二十年にさわろうとする
ぼくたちはそれを形にしなかった
イル・モネロでおしゃべりした
あの初めての夜もそうだね　あのときは何を言ったっけ
それからあの夏の楽しかったこと
それが毎年の楽しみになって
そのあと、うん、そうした歳月は今もそのまま
愛やらなにやらみんな一体になったんだよ
そして今ぼくたちのうちにある
旅の順序は忘れていても
旅人の中に生きているというふうに
月日はこの晩年の喜びに姿を変えた
また一年も終わりに近い
一日　別の島で
歳月はどこへ行ってしまったのだろうといぶかる

## ぼく自身に

ぼくが君を忘れてしまうときも
ぼくは君を探し続ける
ぼくは出会えばわかると思う
君のことをいつも思い出す
時にはずっと昔の君を
時にはついさっき君がたしかにここにいたと思って
そして君がいた場所の空気は
まだ生き生きしていて　そうするとぼくは
いつも変わることがない君を認識できると思う
時のふりをするが君は時ではなく
ことばで話すが
他人が君だという君でもなく
ぼくが君を見つけられないときも
君は行方不明ではない

## 著書に

では　行きたまえ
自分のペースで
ぼくが手を引いてあげるのは
ここまでだ
君のことばは君にまかせるよ
はじめっから
君のことばだったかのようにね

もちろん君は未完だ
繰り返し朝が始まり
月が昇るというのに
完了なんてありえないだろう
ことばだって未完だよ
ことばのほうは完了だと言い張るかもしれないけれどね

いいんだ
君のあるべき姿は
ああだこうだと
他人が言うところには
ぼくは聞いてはいないから
欠点はみんなぼくのせいだと

君が言ってやればいい

君を創ったときの
ぼくが誰だったにしろ

# シリウスの影

*The Shadow of Sirius*

## 遊牧の笛

いつだったか歌ってくれた君よ　今また歌ってくれ
高らかにひびきわたる調べを聴かせてくれ
私と生き延びてくれ
星は光を失いかけている
星よりはるかに思いは馳せられるが忘れてしまう
私の声は君に聞こえるか

今も私の声が聞こえるか
君の調べは
君を覚えているだろうか
ああ　朝の息づかいよ
夜の歌　朝の歌よ
私の知らないことすべてが
なにも失われないまま
身のうちにある

しかし私はもう
君にたずねようとは思わない
その調べをどこで学んだのか
その出自はどこなのかと
かつて中国には獅子がいた

私は耳を傾けていよう　笛が止み
明かりがまたもとに戻るまで

## 夕暮れのブルーベリー

そう　夜はこういう味なんだね
ひとつまたひとつ
早くもなく遅くもなく

暗闇は怖くないのよと
母は言った
見るとたしかにそうだった

あんな昔に
母はどうして知っていたのか

記憶が残るか残らないかの歳に
父親を亡くし
ほどなく
母親が後を追った
それから育ての親の
祖母が逝き
まもなく
たった一人の弟が亡くなり
初産の赤子は
生まれてすぐに

死んだ
母は知っていた

## 静かな朝

一生が今ひとつに
収束して　時は
心にないように見える
飛ぶ鳥がその中を飛んでいる空気を
あるいは自分を生かし支えてくれる日を
意識していないように
そうして私はことばが存在する前の幼子
腕が暗がりの中で私を抱きあげる
声が暗がりの中でつぶやく
遠くの昔になくなってしまった建物の中
私は陽だまりがひとつ
緑のカーペットの上を
移ろうのを見ている
あらゆる声が
沈黙して
往時に口にされたことばのひとつひとつが今は
沈黙している
しかし私にはあの陽だまりがずっと見えている

# 街で

晩春の雨に濡れた朝
街路樹の間から見える川の
はがね色の川面の向こう側に
親しみ深いのに
ことばでは触わることもたどり着くこともできない
沈黙の中に
都市のギザギザのスカイラインが
光っている
いま向こうの
陽の光よりまぶしい若い葉叢の中に
高い窓を通ってくる別の明かりを
思い出すことができるのはぼくだけ
陽光が階段状に斜めにさし込んでいて
その向こうから
目にある塵の話をしている父の声
それが陽光にある塵のようだった

＊目にある塵　マタイの福音書 7:3

# 覚え書き

裸の魂がことばに出会う瞬間
喪失や疎外や信頼を
知るさまを思い出してみようか

するとしばらくのあいだ魂は
自由奔放な光のような
以前の自在さで走らなくなり
あれからこれへと変転する物語に
耳を傾け
どこから現れて
どこに向かっているのか
見定めようとする
あたかも
わが身の例言であるかのように
言葉の先を行き　ことばを超えてひた走りながら
裸のまま振り返ることなく

騒々しい問いかけを潜り抜けて

# はじめから

誰が聴いてくれると思ったのだったか
知らない調べに
歌うためのことばを
はじめに鉛筆で
書きとめたときは
知らない人たちが読んで
立ち上がって
もう詞を知っていて
歌っているときの彼らに名前はない

# 遺産

机の私の肘のそばに
かれこれ三十年ほとんどずっと
同じように開いたままの
この 1922 年版『ウェブスター・
ニュー・インターナショナル英語辞典』
父の死後　私の手に渡ったものだ
破いたり傷めたりしないようにと
ずっとさわらせてもらえなかった
薄いインディア紙の装丁の重々しさ
ぬれた砂の色の地にうっすらと波がたゆたう
刊行されたとき父は 26 歳
結婚して 4 年足らず
父は店が一軒しかない村の牧師だった
ある日　行商の男が戸口に現れて
聖書と同じように立派な紙に印刷した
口にするのがはばかられるような値段の
この新しい辞書を売り込んだのだろう
所有するだけで箔が付くような
自分にも判然としない
自分の中の何かを確認してくれるような存在
今はもう表紙は擦り切れて

地球上の山や砂漠を越える数々の旅の
伴をしたあとのような見かけだが
ここ　私のそばにずっとあった
こんなにゆるみ侵蝕され
擦り切れてしまったのは何ゆえだったのか
この長い年月
父よりも私がずっとひんぱんに
使ってきたのはまちがいない
いつもていねいに実に愛情をこめて
ページを丹念にめくっていた
意味を探しあぐねて

# 若さ

若いころずっと君を探していた
何を探しているのか知らないままに

どんな名前でよぶのかも　探していることさえ
知らなかったと思う　なんどもなんども君が

目の前に現れて君を見かけたときにも
君を知るよしもなかった

君が一糸まとわずすべてを捧げようと
ぼくの前に現れたあの瞬間に君がぼくに

君を呼吸し君に触れ君を味わうことを許しても
君もぼくと同じくわかってはいなかった

君を失うかもしれないと思い始めたときにぼくは
初めて君を認めたがそのときにはもう

思い出と隔たりをないまぜにした
君を懐かしむさまざまな手段が残っているきりだった

抱くことのできないもので星は創られている

## 暗くなると

時が来ると私は黒犬のあとについて
日の芯である闇の中に入る

黒犬のほかは何も見えない
前を歩いている犬だけが見える

犬は振り返らない　ああこの黒犬を
今度は私が頼る番なのだ

長い歳月　明るいときも翳ったときも
黒犬は私をすっかり信頼して

黒犬が盲目になっても変わらなかった
暗闇の空間に馴染んでいて

黒犬に恐れはない
見えない階段を用心深く先導してくれる

# また埋葬の夢

時によってそれは石壁に囲まれた庭
入り口の石が割れていて
中は雑草がちらほら枯れさびれ
沈黙している
細長い水槽のこともある
静まり返って
澄明な水に色はなく
囲う石の薄墨色を見せている
ある時は風景画の中に
無様に繕った破れ目がひとつ
その下に闇が透けて見えたがそれでも
ぼくは何も置かないで
きびすを返して
健常な世界に戻ってきた

## シギ

月が隠れても私は独り飛びつづける
今まで行ったことのないこの夜の奥へ

前も後も暗闇の卵殻
その高みで私は古く新しい

寒さを越えて出会ったもの見たもの
そっくりそのまま持ち帰る　どんなものよりも

# 芭蕉の子

富士川の河原で
子が泣いている
三百年も前の死
もっと昔だったかもしれない
あの秋の夕暮れ以来のことだ
母親が幼女を抱いて
瀬音が泣き声を包み込むところに連れてきた
そうして母親は沈黙の中に戻っていった
幼女は夜を通して泣き
霜の冷たい日中に泣いた
たまたま幼女を見かけた男たちは
幼女を見下ろして立つ影
手振りは話していたが　仲間内ばかり
やっとその一人が
身をかがめて幼女の横の
枯れ葉の上になにか置いたが
男たちは揃って立ち去った
幼女の泣き声は
彼につきまとい
幼女について後に書いたことばに
まといついた
そのことばの届く先々まで

## 私の手

ほら　過去は終わらない
この今に
目を覚ましている
待っていてはくれない
それは今私の手だが　私がかつて手にしていたものではない
それは私の手ではないが私が手にしていたもの
それは私が思い出すこと
しかしそれには必ずなにかしら違和感がある
他のだれもそれを記憶していない
とっくの昔に霧散した家
石畳を走るタイヤの騒音
今はない寝室の涼やかな灯
生と生の間を一瞬
掠めるコウライウグイス
幼な子がじっと見ていた川

## 晩春　ポーラに

思い立ったときにまたここに戻ってくる
と想像してみようか　春だろうな
ぼくたちはもう齢をとることはなく
古ぼけた悲しみの数々は明け方の雲のように薄れて
朝がゆっくりと腰をおちつける
そして死者を封じる古来の守りは
もうなくなっていて死者の思い通りになる
陽光が今と同じように庭に注いでいるだろう
長い歳月夕方遅くまで手間をかけ
驚きを分かち合って
二人で造り上げたこの庭に

# 降る

夜明けには遠く
鳥たちもまだ目覚めていない
谷あいの木々の間を吹き抜ける
突風の音とともに雨が落ちてくる
ぼくたちのまわりに
どっと一度に降り
その向こうにはなにもない
雨は自分の音は聞こえないまま
ここに誰かいるか
知らないまま
どこにいるのか
どこへ向かっているか
見えないまま
ぼくたち自身の
思い出せないけれど
とても幸せなひとときのように
灯りを消してとりとめもなく降っている

## ある渓谷

かつて私は源を
見つけることができると思っていた
が　見つからなかった
なんどもなんども
探しに出かけたのに
干上がった池をいくつも過ぎ
水の涸れた滝の石のうえを
愛犬が放たれた炎のように
まっすぐにかけあがる
傍らを
切り開いて進んだのに

あのころは源は
遠いはずがないと思って
森を縫い
岩を越えて山のほうへ向かい
ついに見晴らしが開けても
その徴さえ見えなかった

そのむかし
奔流がほとばしり

唸りをあげて海へと急ぐ途中に
日に夜をついで
あの高い岩壁を彫り削ったのだ
今聴いている静寂を求めて

# 丘の老木

あなたが元気だったころ
思いがけなくあなたの最期に近かったあの日
家の裏手の丘の頂のほうに
古い果樹園があって
黒ずんだリンゴの木々が苔をまとい
イバラや野ブドウの下に深くもぐって立っていた
枝と枝とをむすんでクモの巣が息づき
思い出が沈黙の中にたたずみ
春の大地はめぐる季節の匂いを放っていて
カラスが大枝に寄り合い風に乗って去った
コガラはここが自分の縄張りだと嘯いたものだが
キクイタダキやブルーバードもまだいるし
キネズミはめくれた樹皮をなぞっていて
ミソサザイが一羽チーと鳴く声は暗い流れ星
あのころはこうしたなにもかもがみんなの日常だった
しかしそこに植林して時たま鍬を支えに背筋を伸ばして
すっくりと立ち　きらきらと曲線を描く谷の
向こうの遠い灰色の山並みにまで目を向けていた
名も知らぬ男は林も葉をおとしたある秋の日
朝の霜がまだ洞穴でまどろんでいるころ
そこから遠く離れたどこかに埋葬され

男とその家族を知る人たちのことも
もう覚えている者はいないとあなたは話してくれた
そしてそこに日差しが移ろうのを
眺めるのが大好きだったのに
一度も行ったことがないとあなたは言い
二人とも目をあげてそこの日差しを眺めた

# 独り身の秋

夏と秋に
三ヶ月と三日を挟んで
両親が逝った年
ぼくは二人が晩年に住んだ家に
引っ越した
持ち家ではなかったが
しばらくの間にしろ
両親の家だった

どの部屋もこだまは
静まり返っていて
ぼくたちが口にできなかった
ありとあらゆることを
ぼくは思い出せなかった

飾り戸棚の
人形のコレクション
棚に重ねて置いてある皿
食卓にはレースのテーブルクロス
玄関の飾り鏡に添えた
ツルウメモドキの乾いた一枝

みんなきちんと整えられていた

玄関のガラス戸は
閉めたまま
もう寒くなってしまって
外の背の高いヒッコリーの木は
すでに秋の光彩に
燃え立ちはじめた

ぼくはすき勝手にできる

# 雨明かり

星は遠い昔からずっと見守ってくれる
と母は言った　じゃあさようなら
あなたは一人になっても大丈夫
わかっていてもいなくても今にわかるから
明け方の雨に濡れたあの古い家を見てごらん
花はみんな水の姿だよって
お日様が白い雲の合間から念をおして
丘のパッチワークの広がりの
来世の洗い立ての色合いにふれる
あなたが生まれるずっと前からそこで生きてきたもの
見てごらん　みんな無心に目を覚ます
世界中が焼け焦げていても

# 竹鳥

ああ、朝、名状しがたいよろこび

暗い谷間の静まりと夜の中から
何も存在しなかったところから
楽音がひとつずつ天に向けてころがり出る

天真爛漫で自由な歌
そうここが
前世と彼岸を合わせた
ありとあらゆる記憶が
目覚め集まる場　唯一の時

眠りの縁のあたりで
彷徨する失われた面影が
不変に明るく
最近沈黙してしまったことばが
未来の言辞の間に浮かび上がる
もし未来があればの話だが

ここはみんな一斉に夜明けの光を歌う場所
耳を傾ける人がいようといまいと

# 未明の月

*The Moon Before Morning*

# 帰郷

一度きりだった　私の髪は
もう久しく　その日の
雲のように白かった
夏も終わりに近いころ
夕刻庭を見渡すと
ポーラはまだ夕暮れに咲く花の
まわりの雑草を抜いていた
澄んだ空を見上げると
新月がかかっていてその瞬間
私の背後から黒い鳥の群れが帯をなして
ひと群れ続いてまたひと群れ　音もなく飛ぶのが見えた
長い弓なりの翼は
動いていないかのようだ
チドリが海を渡って戻ってきたばかり
アラスカからずっと飛び続け
帰郷の旅に体重を半分に減らして
今音もなく帰り着いていた
出迎えるふるさとに

# 朝の盗人

明かりが雲を透ける朝早く
明け方の雨の最後の
しずくがヤシの葉末から
夏日の中にしたたりおちる
音に向かって
ヤシの花が開くのを
眺める
雲緑の鬟の扇の葉叢を背に
中空に咲く桃色のサンゴ
朝食のあとしばらく座っている
ほんの数ページを読んだきり
他にするべきことから
時を盗んでいるような
気持ちの陰りを感じながら
そんな盗みも愉しみのひとつ

## 花を摘む若者

不意に　彼はもう
若くない　一握りの花を手にして
輝かしい朝　かぐわしい香りが
花から昇る　今朝光に向かって
開花した時のまま　今も根づいているかのように
どこか見えないところから
ツグミが花で満ちた陽光の中に
非のうちどころのない歌声を注ぎいれる
彼が花を握って立っているあいだ
花の命のこの時に冷たい露が花から
彼の手にこぼれおちる
それはつい今朝がた花を見つけた
若者の手なのか

## 薄墨色の伝説より

アラクネーは夜明け前に薄墨色を編んだ

シュロの葉のとばりの向こうから
鳥よりも前　ことばよりも前
原初の物語よりも前
発語よりも前のこと

ミネルヴァの目が
あの同じ薄墨色で作られる前のことだ

アラクネーはおのずと美しかった
人が見ていようと見ていまいと
そして彼女は年長で
自己を確立していた

それから陽が昇り
ミネルヴァは陽光をつかって
陽光に織り入れた
そして彼女は
織糸が二人の物語の綾の
どこに入るのか

糸により
場合によっては
知っていたが
常に知っていると主張した

アラクネーは何も主張しなかった

アラクネーは知る必要がなかったのだ
彼女は忘れられたときでさえ
待っていることができたし
忘れられるまで待つこともできた

ミネルヴァはアラクネーの織物が
陽光の中で待っていて
その中を陽光が通り抜けていくのを繰り返し見た
その織物を見るとミネルヴァは
そこには見えない何かを
思い起こせない何かを
思い出した

アラクネーの織物は
綻びでさえ
常に完璧だった
ミネルヴァにはなぞることも真似ることも
不可能な完璧さだった

彼女自身の分別が　彼女をあざ笑い
彼女は腹をたてた
夜明け前に薄墨色を織り出すことができる
アラクネーにどんな仕打ちができようか

ミネルヴァは二人の試合の
物語を仕掛けた
そこでは彼女は陽光を織って
勝利をおさめた
だとしたらもともと存在すらしなかったかのように
アラクネーを抹消し
忘れ去るには
何ができようか
終日ミネルヴァは頭の中でも
自分の織物の中でも夢の中でも
アラクネーを無に戻す
方法はひとつとして想像だにできなかった
終夜手飼いの鳥がただ
「ホー」となくばかり

鳥は知っていたのだ
アラクネーをアラクネー以外の何者にも
変えることはできないことを

夜明け前の薄墨色の中で
ミネルヴァの薄墨色の目にはどこを向いても
アラクネーの織物が見えた

＊アラクネー（ギリシャ神話）　織物の名手で、その技の完璧さが女神ミネルヴァの怒りにふれ、蜘蛛に姿を変えられてしまう。二人の織物の技の試合には複数の伝承がある。

## 初心者たち

記憶することをもともと禁じられていたかのように
われわれはそれぞれ
原初について何も知らないまま成長した

しかし時がたつにつれてその忘却から
それなりの真実を表わす名辞が現れ
われわれはそれを繰り返し
ついにはそれも記憶に残らなくなっていった
それらは忘却の一部になっていったのだった
後に日常の物語が出現し
果てがないようにみえた
そうしてわれわれは
思い出すことができることを語った

ただ物語の出自は忘れてしまうのが常だったし
禁じられていたということも
禁じられていたかどうかも忘れてしまった
しかし真実が語られるときわれわれは
忘れられた痛みから時として真実を認識する
そして忘れられた幸せからわれわれは
目覚めて生きる日が自分のものだと知る

# 庭にいて見上げると

ここの木々には名前はない
われわれが何と呼んでいようと

ことばが忘れ去られるとき
意味はどこにいるのだろう

君のいるところが
また見えるだろうか

君はフランの居間に
座っているだろうか

夢は戻ってくるだろうか
自分の居場所はわかるだろうか

鳥たちはいるだろうか

## 高みのヤシの葉

日没後　一番背の高い
ヤシの樹冠が
澄明な　ガラスの東の空を背に
聳え立つ
影はなく
記憶もない
風は気ままに吹き過ぎる
不足はなにもない

## 庭の消息

庭にいる日中にも
その瞬間の気配に
ふと目覚める夜にも
音が聞こえる
ときにはささやくように
なにかが
こちらに向かい
もう落ちている
未熟な種
でなければ
大きなヤシの葉
空を見上げながら
自身の高みの日と夜に
形をもらい
夜明けと朝の太陽と
日中の陽光と
月と星と雲と
自らの中から降りてきて
葉にしたたり落ちる雨と
で造形された葉
音にも落ちたあとの静寂にも

後悔の跡は微塵もない
途中逡巡する気配はなく
疑念もなく不安もない

# エコーにもう一度

君はなんとも美しいにちがいない
君の去りゆく音のみが
私をこんなにも遠くまで
導いてきたのだから
君の去る音が
いつか聞こえたきり
時がすぎ
静寂の中で追憶する君
眼にしたことのない君
ああ永遠に見えない君
私は決して別の声と
とりちがえることはない
思慮分別も教戒も忘れて
海を　砂漠を　渡り
ためらいもなく後を追った
比類なき君よ
君のために滝は落ち
風は追い求め
ことばがうまれた
耳をすましながら

## 永遠回帰

それはここに存在しないから永遠なのだ
われわれが考える星はとうの昔に消失している
朝方の海の上空で雲がとけてしまう間に
自分が何をしゃべっていたか思い出せない
ここに幼児期をもたない同じ幼児がいる
文章はそっくり末尾の単語にあらわれ
知らないものの朝が
記憶のなにもかもを呼び戻す
もう消え失せていて　消え失せていると知っていて
目にすることはもうないと知っていることですら
勝手に時をえらんでもう一度ほぼ完ぺきに
私の目の前に現れ　それからまた消える
眠っていた間　見守ってくれていたのだ

# 夏空

陽の光にみちた葉叢が蝶たちの間をたゆたう七月
生まれてこのかた私はこの朝の光に接してきた
高い窓辺に独り黙って座って朝の幼年期を見ていた
他の誰もそれを見なかったし
見てもわかるものは誰もいない
その同じ幼児が今　雲が姿を変えるのを見ている
雲は見えないところから姿を現し
今が通り抜けるにつれて姿を変える

## 真昼のそよ風

墓地に立つと
ふたりきりの
あの瞬間にふさわしい
あのひと吹きの吐息が
アンドロメダの彼方
時以前の時から
訪れる
飛び去る日々を慈しむ
この住まい　ここにそれはいて
パンの木の枯れ葉をそよがせ
干からびたピナンガヤシの葉を
槍のように私の足元に落とす
見上げると葉柄の緑の群れと黄金色の紐に
数珠つなぎの血の色の種子
ひとつひとつが
明日を抱いている
ふと見ると
そよ風はもういない

# 新しい歌

長いこと　余裕があると思っていた
しようと心に決めたことをする時間
最初に見つけたとおりのものを
後戻りすれば見つけることができると
思ったもののために
時間はいつもあると考えていた
しかしこのところ　あのころ
何を考えていたのかわからない

時間はないのに減っていく
夜中に雨の音が
一度きり後も先もなく
知らない間に葉叢に訪れる
それからツグミが目覚めて
暁に向かい　新しい歌が聞こえる

## 緑色の垣根

痛ましい父
フランス人なら
亡父という意味でそう言うだろう
もう四十年近く前
新聞に死亡記事が出たのだから

しかし今　別の理由で
父を痛ましいと思う自分に気づく
父は生涯
怯えていた

父は兄弟の末っ子で一人だけ生き残った
最後の頼みの綱だった
人生に失望した気むずかしい母親の
機嫌をうかがった
それで初めから無理だと
自分でもわかっている
返済不可能な
借金を重ねるかのような
背伸びをした進路に
次々と　ことば巧みに入っていった

父は微笑んでいても
かんしゃく玉を破裂させていても
どこか健全ではなかった

そして母は
孤児にありがちな不安に
よそ者意識をかこっていて
品行方正を心がけ
荒れた町内で
ぼくたちがいじめられないようにと
学校まで一緒に付き添って歩き
休み時間の校庭では
荒っぽい遊びに入らないように
ぼくたちの横に立っていた
遊びはみんなそんな類だったから
ぼくには友達ができなかった

通りで遊ぶのは
もちろん禁じられていた
誰かが一緒に遊ぼうと
外から声をかけると
大きな庭があるじゃないか
と父は言った　ここで遊べばいい
遊び相手が誰か私にわかるように
ちゃんと初めに言うんだよ

しかし誰も入ってこようとはしなかった

ぼくは杭の間から眺めていた
その夏　姉と一緒に
緑色に塗り替えるのを手伝った垣根だった
元の剝げかけた茶色のほうが
思い出がこもっていて
ぼくはすきだった

ある日　太ったイタリア系の
みんなの遊びにまじったことのない
サルヴァトーレが
やってきて垣根の外に立った
杭の間から覗いていて
何も言わなかった
ぼくは入ってこれるように
父さんに聞いてくるからと言ったが
彼は首を横にふり歩道に座って
垣根の中を覗いて
しばらくそこにいた
夕食時　ぼくはサルヴァトーレが
中に入ってもいいか父に聞くと
父は考えてから　多分な
外人なのかと言った

別のとき　メイと言う子がいた
いわゆる黒人だった
ぼくは黒人の女の子を見るのは初めてだった
この子は誰とも遊ばなかった
ゆっくりと垣根のそばを通り
中を覗いて立ち止まった
ぼくは中に入るかいと話しかけたが
杭に手をかけたまま
何も言わなかった
ぼくはこの子の肌色がこすればおちるのかどうか
好奇心にかられて
手の甲に触わった
そしてぼくたちはしばらくそこに立っていた

もう少しで友達になれたいとしい君
あのあと君はどうしただろうか
君は道に沿ってゆっくりと歩み
見えなくなった

もと垣根があったところに
戻ってみたが
垣根の記憶は誰にもない

## スズメたちだけが

私がきたころは
そこにいたのは
スズメだけだった

朝のスズメたちは
夕方のスズメたちを
覚えていなかった

過ぎた日々の
スズメの消息は
何ひとつわからなかった

他の鳥は絵に見えるばかりだったが
私はその姿を求めて
耳をそばだてていた

朝早く欠けた湯呑の
茶をすすりながら
私は聞き耳をたてた

ムナフヒメドリの宿りそうな
たった一本の樹を見張った

樹と私は待った

私は問うた
夕べの祈りの鳥は今もさえずるのか
オジロヒメドリは今もいるのかと

ウタヒメドリは
どこかで歌っては
いたのだろうか

扉は
鳥でありたいという
古来からの熱望を忘れることはない

私が聞いたスズメは
外来者が持ち込んだスズメ
ばかりだと聞かされた

スズメたちの言い草はひとつ
独り言か
仲間を相手に

くり返しくり返しスズメは言った
ここ　ここ
そう　ここ

# 消印

ぼくが最初に上がった学校は
一年後に取り壊された
けれど今でも
道をまっすぐ下りて行って向こうに渡る
道順を知っている
ぼくは身のうちに
重さのない影のような
学校の冷たい壁の
物語をかかえている
天然をまねて荒削りにした
皺くちゃのトンネルのような壁
その表面が無言のまま
ぼくを無視する
ぼくはみんなより小柄で
年少で遊びに加われなかったから
ただ棒立ちで見ていた
休み時間がやっと終わってベルが鳴ると
鉄の階段に
雷がとどろいた
黒い切手に肖像画のある
大統領の名前がついた学校で

石の外壁は切手の色
大統領が任期中に亡くなったからだった
翌年ぼくたちは
新しい赤レンガの学校に移った
電球の発明者の名前をつけた学校だった

# 白地に白

バベルの塔の頂に近い
段丘の上空を私の目は
帆走する雲に交じって旅し
ふたたび渡り行く鳥の群れに交じってくつろぐ
いまから大地に戻るものたちも
惜しむ大地を後にしたものたちも
その知るべくもない道をたどって飛び
いつものように私の耳は聴覚の
先を行く音の方向に彼らを追う
音は残響に乗って
夢想だにしなかった親しみ深い調べになり
その情感は今までになく深く膨らみ
鈴を振るせせらぎから響き昇る
愛し失った一瞬一瞬が
こちらを向いて立ちあがり会釈する
夜半の雨のざわめきの中のその音
目を覚ます　ずっと家にいたのだ

## リア王の妻

王がわたしに尋ねてさえいれば
わたしは教えてあげたのに

王がわたしのことばに耳を傾けていれば
ことの顚末は
違っていたはず

わたしは娘たちが生まれる前から
娘たちを知っていた

ゴネリルに乳を含ませながら
わたしは世の中を見
闇の中に血を認めて
目を覚まそうとした

リーガンに乳を含ませながら
わたしは世の中を見
自分の口を覆った

コーデリアを抱いて
乳を含ませながら

愛と無力の中で
わが子に救いを求めて叫びたかった
そしてわたしは泣いた

王はといえば
娘たちよりも先に
わたしのことを忘れ去っていた

コーデリアだけは
何ひとつ
忘れなかった
ただ問われたときに
一言も言わなかった

## ぱかっぱかっ

ぼくの手には小さな
鉄の円弧
古びて磨り減って
もうずっと前から
四角い釘穴が
五つ空いたまま

ぱかっぱかっ

しっかりした荷車は
ロバより長持ちする
柄を宙に伸ばし
磨き上げた鍬は
最後の馬を見送り
それからゆっくりと
大地の色に戻る
ぱかっぱかっ

カッコウの声
も
聞こえる

季節が
移り
年があける
この季節
今年も

新しい道にも

ぱかっぱかっ

## 黒い鳶

遥か向こうの谷の縁に昇る太陽が
音もなく光輝を放って
ひんやりとした晩春のゆるやかな一日が始まる
長年の逗留のあいだの冷涼な春と同じように
終日　雲が現れてはまた消える
失ったもの　変化したこと　やっと巡り会えた久しい愛
眼下の川はそのすべてを貫いて
変化することはなく　澄明な時の下を
終始なにを求めるのでもなく流れている
今もミソサザイが歌い　コウライウグイスは相変わらず
そして今黒い鳶が毎夕高地からやってきて
低空を滑るように飛ぶ
ひとり上昇気流に乗るでもなく　獲物を追うのでもなく
声も立てずなにに煩わされることもなく
両翼も尾羽も静止しているかのように
日没前の長い黄金の光に満ちた
広々とした谷あいの上にすんなりと出て
悠然と谷間に滑り入る
そこにただ在るために

## 狐火

私を忘れないでくれ
しかしあなたは私を思い出せない

あなたは私をはじめて見たときを
思い出せない
あのとき私を
どのようにして知ったのだ

私を一度も
見たことがなかったのなら
どのようにしてだったのか

あなたはどこから
光が出ていると思ったのか
光を放ちながら
ゆっくりと踊っている小さな雲からか
丘の裏手の
窪地にある
黒ずんだ樫の林の上空の
ツチボタルの神様からか

あなたがそこで見たことのない日への
粗削りの記念塔の背面には
「決して忘れるな」と彫ってあった

ときおり私は
白昼の光を通して
あなたには信じられない近さから
あなたを見ていた
私はついさっきの一瞬だった
私はあなたの記憶の脱落した部分だった
私はあなたがつい今しがた
忘れたそのことだった

あなたは私の声を聞いたことはない
あなたにとって私には声がなかった
他にもだれ一人私の声を聞いた者はいない
しかしあなたは私を見たとき耳をすました
私を探して目を凝らしたとき
耳をすました

あなたは多くの問いをもっている
私には疑問はない

私を見ているときにさえ
あなたは私がどこへ行くのかと問う

私に名前をつけているあなた
ほかの声から
時や場所から
厳粛な名前　聖人の名前
からかい半分の名前　子供じみた名前
鬼火　私には
名前はない

国もない
気が向く場所であなたの許へやってくる
見えても気づかれなくても
あなたがどこにいようと

そして私に答えはない
けれどあなたが知っていようといまいと
私を忘れることは決してない

私には齢がない
あなたは私を
信じる必要はない
生きていようと死んでいようと

私は夜長を好む
春も秋も

霧は友達
期待には
応えない　定義には顔を出さない

私は哀れな魚のように
おびき寄せられることも
捕らえられることもない

私は床板が軋んだときの光だった
その瞬間
私は呼び戻されることはない

あなたが私を見たとき
私は決して
他者ではなかった

## 白居易へのメッセージ

都落ちの暮らしも十年目のあの冬
寒さがあなたにまといつき
飢えがあなたの身をさいなみ
昼となく夜となく　あなたの耳は
まわりの老人や赤ん坊や動物の
飢えに苦しむ口から漏れる声を聞いた
彼らは竹馬に乗って揺らぐ骨の衝立
そしてあなたは
凍った泥をつついて餌を
探している弱々しい鳥の声を聞いた
あなたは渡り鳥たちが寒さの中で
身動きできなくなるのを眺めた　大きな雁が
日増しに弱まって　ついに翼に乗って飛ぶことが
かなわなくなり　とうとう悪童たちが一羽
網で捕まえて食用に市場に引いていくのを見た
そのとき　あなたは雁も流罪の身と思いなして
銭を払って買い取り再び飛ぶことができるように
なるまで面倒を見て放してやった
しかしそのとき雁はあなたの生きた世界で
どこに行くことができただろうか
いたるところで戦があり　兵士たちは空腹をかかえ

火が燃え　包丁が待っていた千二百年前に

私はずっとあなたに知らせたいと思っていた
あの雁は元気でここに　私の許にいると
あなたにはあの昔の渡り鳥がわかるはずだ
もう長いこと私のところにいて
急いでここを去る必要はない
戦争は近来今までになく大掛かりになった
強欲はあなたには信じられないほどに溢れ
雁を殺す前にどんな仕打ちをしているか
あなたには言うまい
今やわれわれは地球の両極の氷を解かしているが
雁が私の許を去って後はどこへ行くことになるのか
私はつとに知るべくもない

# ノアの方舟の舳先

何を記憶しているのか定かでない
私のことばのすべてに現れてはいるのだが
舳先が山を擦る音
四十の暗い日々　降り続く雨と
果てもない忘却の洪水に
帆もなく舵もなく漂流し
動物たちの狂騒に
叫び　雄叫び　囀り　悲鳴は宙に迷い
答えなどはない　そのとき
オオガラスを放した翼の音
オオガラスは飛び去り戻ることはなかった
幾日かたって鳩の翼が
陽光の中からオリーブの枝をもちかえった
その後のことだった
夜明け前の最初の薄墨の中
山の音が聞こえたのは
忘却の潮の上でみんなが息を呑んだ
そしてついに扉が軋みながら開き
動物たちが一匹また一匹
まぶしい円形の沈黙の中に姿を見せた
そして陽光をあびて彼らの影がその主を見つけ

それからメスとオスが番いになって
原初のときに再び歩み入った
そして船大工と家族は
ことばと道具を携え
大地に初めて歩みでたが
さっぱりと忘れ去られてしまった
ほどもなく彼の名前は本名だったのかどうか
彼が存在したのかどうかすら
皆目わからなくなってしまった
舳先が擦る音は聞いているのだが

# 略年譜

## 1927

9月30日ニューヨーク市で生まれ、ハドソン川対岸のニュージャージー州ユニオン市で育つ。父親、ウィリアム・ステージ・マーウィンは長老派教会の牧師。教会からマンハッタンのスカイラインが見えた。

## 1931-35

31年、誰もいない教会で父が聖書の一節を朗誦するのを聞き、意味はよくわからないまま言葉の音調に魅せられる。
同年、森に住むインディアンの本の挿絵に魅せられ、内容を知りたいばかりに説明の単語を何度も周りに尋ねながら自力で読むことを覚える。母・アナにロバート・ルイス・スティブーンソンの子供のための詩の本などを読んでもらい、「ロビンソン・クルーソー」は繰り返し読んだ。
地元の小学校に上がり飛び級。二度目の飛び級では身体的に幼な過ぎて飛び級は一年に留まる。

## 1936-40

36年、父が新しい教区に赴任し、ペンシルベニア州スクラントンに引越す。
40年、ウエスト・スクラントン中学校で「古典コース」を選び、ラテン語を学び始める。
同年、13歳の誕生日に母にプレゼントされたジョセフ・コンラッドの『闇の奥』に魅せられ物書きになりたいと思い、書き始める。

## 1941-45

41年12月、太平洋戦争が始まる。
42年、父が陸軍の従軍牧師に志願してヨーロッパに出征し、マーウィンは母の「愛国菜園」の畑仕事を妹と手伝う。庭仕事への愛着が生まれ、生涯続く。
全寮制の進学ハイスクールに入学し、奨学金と学校の雑務のアルバイトで学費を賄う。学校の厳しい規律に反発するものの、あらゆる部活に参加。戦時中のことでもあり、海軍兵学校に憧れる。
43年、プリンストン大学に合格。
44年秋、奨学金を受けて入学、英文学を専攻。
3年で学部を卒業し、大学院に進んでロマンス言語を専攻する。
著名な文芸評論家R.P.ブラックマー、詩人ジョン・ベリィマンの教えを受ける。

## 1946-50

46年9月、エズラ・パウンドに手紙を書き、詩人になるための指導を願い出る。パウンドは「毎日詩を75行書くこと。若い身では書く内容が不足するから外国語を学んで翻訳をするのがよい」と助言。
同年、ドロシー・フェリーと結婚。
47年4月、精神病院に隔離されていたエズラ・パウンドを訪問し、文通が続く。パウンドから「枝葉ではなく種子を読み取るべし。ＥＰ」と書いた鉛筆書きのはがきが届く。
カナダ、モントリオールのマギル大学でフランス語の集中講義を受ける。
ウィリアム・カーロス・ウィリアムズに心酔。
48年、詩誌「ポエトリー」3月号に詩を発表。
友人の紹介で某富豪の子息の家庭教師を務め、翌年夏、子息の付き添いを要請され、ドロシーも伴ってヨーロッパに渡る。
49 年、ポルトガル皇族系の家族の息子 2 人の家庭教師を務める。
その後、イタリア、スペイン、ポルトガルなどを転々とする。
詩とフランス文学の翻訳を米国の文芸誌に発表。
50 年、夏のスペイン旅行の途次、イギリスの詩人ロバート・グレイブスをマジョルカ島の自宅に前触れなく訪問。グレイブスの著書の補遺の校訂を託され、子息の家庭教師を 1 年間務める。
その後もマジョルカに留まり、『ヤヌスの面』の元となる原稿をまとめる。
エール大学の詩集のコンペに送り、W.H. オーデンの選により優勝。

## 1951-55

51 年、ロンドンを訪れ、パウンドの息子を介して T.S. エリオットと知り合い、親交。同年、パリでサミュエル・ベケットに会う。
同年、子供のための詩劇を書き、BBC テレビで放映。
52 年、詩集『ヤヌスの面』刊行。
ロンドンに住み、主に BBC の文筆翻訳で身を立てる。
詩劇「カインのページェント」をラジオ放送。
フランスやスペインの劇、詩などを翻訳する。
53 年、ドロシーとの結婚破綻。
54 年、詩集『踊る熊』刊行。
文芸誌ケニヨン・レヴューから詩作支援のフェローシップを受ける。
同年、フランス南部ラングドック地方の古い村の丘の上から谷合を見晴らす荒廃した石造りの農家を買う。
55 年、劇作家志望のディド・ミルロイと再婚。

## 1956-60

56 年、詩集『緑と獣』刊行。米英で同時出版。英国では初めての出版。
ロックフェラー財団の援助でボストン近郊の急進的なポエッツ・シアター

の招待劇作家としてボストンに 1 年間住む。文芸関係の重鎮やボストン近郊に住む英米の同世代の詩人たちと親しく交流。
57 年、難破した船員たちが生き残るために人肉を食べるに至る戯曲「フェイバー・アイランド」がポエッツ・シアターで上演される。19 世紀のペンシルベニア州の小村での殺人を題材にした「玄関の孔雀」は米国芸術文学協会から高い評価を受け、受賞。
同年、ロンドンに戻り、大英文芸協会より劇作家支援金の支給を受ける。ルイス・マクニースやディラン・トマスとパブで交流。
60 年、ロンドンで原子兵器反対プロテストマーチに参加。
詩集『焦熱地獄の酔っ払い』に続いて、スペインのバラード、ローマ詩人の風刺詩、古典戯曲など翻訳書の出版多数。
帰米してブルックリンブリッジが窓から見えるマンハッタンの安アパートに住む。『移動標的』の後半と『虱』の前半の詩篇群をここで書く。
車で米国横断してセントルイスとシアトルで詩の朗読会。

## 1961-65

63 年、詩集『移動標的』を発表。句読点および詩の構成上の慣習を排し、独自の新しい詩法へ移行し始める。「詩は話し言葉を彷彿とさせ、それを聞き取ることが詩の核に触れることだ」と考えた。英訳『ローランの歌』刊行。
64 年、『虱』の後半を書く。「将来が真っ暗に思えて何を書いても仕方がない、と思った時期」に、野菜を育て田園を散歩していて、ふと詩が湧き上がってきた、という。

## 1966-70

66 年、ガルシア・ロルカの戯曲「ヤーマ」の翻訳が、ニューヨークのリンカーン・センターで初演。『詩集』刊行。
67 年、詩集『虱』刊行。歯切れのよい語調に神秘性と含みを持たせた詩行を駆使し、自然と人の在り方、人類による自然破壊に対して厳しい目を向けた詩篇が特徴。画期的な現代詩の到来と最高の賛辞を受ける一方、手法の斬新さに対する否定的な批評もあった。
68年、フランス、ドイツ、ロシア、スペイン、ギリシャ、エスキモーなどを含む18か国の詩作品の翻訳（『英訳選詩集 1948–1968』）を出版。
ディドと別居。
69年、『英訳選詩集』でPEN翻訳賞受賞。詩集『動物たち』刊行。
英訳詩の単行本数冊（フランス、スペイン、アルゼンチン、ペルーなどの詩人の作品）を出版。
70年、詩集『はしごを担ぐ者』、散文集『坑夫の青白い子供たち』刊行。

## 1971-75

71年、『はしごを担ぐ者』へのピュリッツァー賞受賞の発表に当たり、W.H. オーデンとの論争に発展する。
72年、米国芸術文学協会の会員に選出されるが、学会や研究機関には関与したくないとして辞退する。
6月に父親を、9月に母親を相次いで亡くす。
73年、詩集『未完の伴奏に寄せる詩』および翻訳集『アジアの姿』（韓国、日本、中国、ミャンマー、フィリピン、マレー、ラオスの諺、短詩、なぞなぞなどからなる作品）刊行。
74年、アカデミー・オブ・アメリカン・ポエッツからフェローシップを、ポエトリィ・ソサイエティ・オブ・アメリカからシェリィ・メモリアル賞を授与される。
同年、『オシップ・マンデリシュターム選詩集』（共訳：クラレンス・ブラウン）刊行。
75年、『初めの四詩集』刊行。初めてマウイに行き、ロバート・エイトキン師に禅の教えを受ける。
10月末にコロラド州のナロパ仏教研究所での修行集会に参加するが、導師の慢心に失望して立ち去る。

## 1976-80

76年夏、マウイでエイトキン師の家の留守番を務め、エイトキン師帰宅後、ガレージの2階のアパートを借りて住む。ハワイの歴史を学ぶ。
77年、詩集『コンパス草』出版。『住居と旅人』刊行。
同年、『サンスクリットの愛の詩』(共訳:ムサイエフ・マソン)、アルゼンチンの詩人ロベルト・ファレズの『垂直詩』を出版。
5年前に辞退した米国芸術文学協会の会員任命を受ける。
マウイ島の北端のハイク(鋭く割れた、という意味のマウイ語)に荒地3.5エーカー(1万4千平米)を買う。住居を自分で設計し、基本構造のみを業者に依頼して、他は独力で建造。自然の蘇生を目指して徐々に原生植物の植え付けを試みるが、原生植物が育つためには相応のエコシステムが不可欠と悟り、ヤシを植え始める。
78年、エウリピデスの『アウリスのイピゲネイア』(共訳:ジョージ・E・ディモック2世)を出版。
同年、詩集『丘の羽毛』刊行。ハワイの風景が初めて詩に表れる。
79年、ボリンゲン賞受賞。
『英訳選詩集1968—1978』刊行。
80年、土着の人々が神聖視している土地を開発業者や行政から守る目的のプロテストおよび住民支援活動に参加。ハワイ原住民の人権保護、土地所有権の保全、ハワイ諸島の伝統遺産および自然環境の保全に関わる活動を継続する。

## 1981-85

82年、回想記『額縁のないオリジナル』刊行。
詩集『島々の発見』刊行。
ニューヨーク滞在中、ポーラ・ダナウェイに再会。
83年、詩集『掌をひらく』刊行。
ポーラと結婚。ポーラと2人で荒地に「庭」造りの作業を進める。

85年、50～60年代に翻訳したフランスの戯曲集を出版。
絶版のスペインのバラードなどを再刊。

## 1986-90

86年、ハワイ文芸審議会よりハワイ文芸賞受賞。
隣接する土地を合わせて敷地を19エーカーに拡張。
88年、詩集『樹林の雨』刊行。『選詩集』刊行。
89年、『真夜中の太陽』（夢窓疎石の詩および語録、共訳・重松宗育）刊行。
90年、1989年度モーリス・イングリッシュ・ポエトリィ賞受賞。
ディド没。離婚後もディドが住んでいたラングドックの家を再び使い始める。

## 1991-1995

92年、散文集『失われた高地：フランス南西部の物語』刊行。
『続四詩集』刊行。
93年、詩集『旅』刊行。
94年、第1回タニング賞（画家・詩人ドロセア・タニング基金により設立され、卓越した詩人に10万ドルが贈られる）を受賞。

## 1996-2000

96年、詩集『雌狐』刊行。
97年、詩集『花と手：詩集1977-1983』刊行。
98年、詩集『物語詩：襞をなす断崖』刊行。
98年、翻訳詩集『東方の窓：アジアの詩』刊行。
99年、詩集『瀬音』刊行。
00年、ダンテの『煉獄篇』刊行。

## 2001-2005

01 年、詩集『瞳』刊行。
02 年、回想記『吟遊詩人バンタドゥールの五月』刊行。
03 年、『ガウェイン卿と緑の騎士』13 世紀の伝説の現代語訳。
03 年、メル・スチュワート制作のドキュメンタリーフィルム「W.S. マーウィン・詩人の観点」が米国芸術文学協会から詩の部門金メダルを受賞。
米国のイラク侵攻に反対する詩人たちの詩集『反戦詩人』に寄稿し、その朗読会に参加。
04 年、ラナン基金から生涯貢献顕彰を受ける。
マケドニアのストルガ詩祭にてゴールデン・リース顕彰を受ける。
エッセイ集『地球の果て』刊行。
05 年、詩集『渡り』刊行、全米図書賞受賞。
詩集『ここにいる君』刊行。
1940 年代末の回想記『入口の夏・メモワール』刊行。

## 2006-2010

06 年、『ここにいる君』に対して国会図書館から詩に対する全米レベッカ・ジョンソン・ボビット賞を受賞。
07 年、散文集『寓話』刊行。
同年、英国で『選詩集』刊行。
08 年、詩集『シリウスの影』刊行。
09 年、2 度目のピュリッツァー賞を受賞。
09 年、ケニヨン・レヴュー文学賞を受賞。
10 年、米国桂冠詩人に任命され、詩の普及に貢献。
任命にあたって国立国会図書館長は「マーウィンの詩は広範囲の読者にわかりやすく同時に深遠である。日常生活の流れを遡って生そのものの半ば隠れている源流に読者を導く」と紹介。
マーウィン家の「庭」と住居を恒久的に保護するために非営利組織「マー

ウィン植物保護区」を設立。敷地面積19エーカー（7万7千平米）。世界中から集めた850種以上のヤシ数千本を含む熱帯樹林は世界中に類がないと言われる。国立熱帯植物園の一環として登録されている。

## 2011-2015

13年、『英訳選詩集 1948-2011』刊行。
同年、『W.S. マーウィン全詩集』2巻セット 1952-1993; 1996-2011 刊行。
英訳『蕪村句集』（句集全訳および俳詩、共訳：連東孝子）刊行。
英訳『真夜中の太陽』（共訳：重松宗育）再版。
マーウィンを追うドキュメンタリー映画『世界中が焼け焦げていても』が発表される。
第1回ズビグニェフ・ヘルベルト国際文学賞（ポーランド）受賞。
14年、詩集『未明の月』刊行。

## 2016-2019

16年、第24詩集『庭の刻』刊行。
17年、妻ポーラ没。
19年、3月15日マウイの自宅で永眠。

＊多彩な文筆活動のうち、主に詩に関わる活動に重点を置いた。

# 著作一覧

## 詩集

『ヤヌスの面』 *A Mask for Janus* （エール大学出版 1952）
『踊る熊』 *The Dancing Bears* （エール大学出版；クノップ 1954）
『緑と獣』 *Green with Beasts* （米クノップ；英ルパー・ハート－デイビス 1956）
『焦熱地獄の酔っ払い』 *The Drunk in the Furnace* （マクミラン 1960）
『移動標的』 *The Moving Target* （アセニウム 1963）
『詩集』 *Collected Poems* （アセニウム 1966）
『虱』 *The Lice* （アセニウム 1967）
『動物たち』 *Animae* （カヤーク 1969）
『はしごを担ぐ者』 *The Carrier of Ladders* （アセニウム 1970）
『未完の伴奏に寄せる詩』 *Writings to an Unfinished Accompaniment* （アセニウム 1973）
『初めの四詩集』 *The First Four Books of Poems* （アセニウム 1975）
『コンパス草』 *The Compass Flower* （アセニウム 1977）
『丘の羽毛』 *Feathers from the Hill* （ウィンドーバー 1978）
『島々の発見』 *Finding the Islands* （ノースポイント・プレス 1982）
『掌をひらく』 *Opening the Hand* （アセニウム 1983）
『樹林の雨』 *The Rain in the Trees* （クノップ 1988）
『選詩集』 *Selected Poems* （アセニウム 1988）
『旅』 *Travels* （クノップ 1993）
『続四詩集』 *The Second Four Books of Poems* （コパーキャニヨン 1992）
『雌狐』 *The Vixen* （クノップ 1996）
『花と手：詩集 1977-1983』 *Flower and Hand: Poems 1977-1983* （コパーキャニヨン 1997）
『物語詩：襞をなす断崖』 *The Folding Cliffs: A Narrative* （クノップ 1998）
『瀬音』 *The River Sound* （クノップ 1999）
『瞳』 *The Pupil* （クノップ 2001）

『渡り』　*Migration: New and Selected Poems*　（コパーキャニヨン 2005）
『ここにいる君』　*Present Company*　（コパーキャニヨン 2005）
『選詩集』　*Selected Poems*　（ブラッドアックス・ブックス 2007）
『シリウスの影』　*The Shadow of Sirius*　（コパーキャニヨン 2008）
『W.S. マーウィン全詩集』2巻　*W. S. Merwin Collected Poems 1952-1993; 1996-2011*　（ライブラリィ・オブ・アメリカ 2013）
『未明の月』　*The Moon Before Morning*　（コパーキャニヨン 2014）
『庭の刻』　*Garden Time*　（コパーキャニヨン 2016）
『必携 W.S. マーウィン』　*The Essential W.S. Merwin*　（コパーキャニヨン 2017）

## 回想記・エッセイ・散文集

『坑夫の青白い子供たち』　*The Miner's Pale Children*　（アセニウム 1970）
『住居と旅人』　*Houses and Travellers*　（アセニウム 1977）
『額縁のないオリジナル：回想記』　*Unframed Originals: Recollections*　（アセニウム 1982）
『失われた高地：フランス南西部の物語』　*The Lost Upland: Stories of Southwest France*　（クノップ 1992）
『吟遊詩人バンタドゥールの五月』　*Mays of Vantadorn*　（ナショナルジオグラフィックブックス 2002）
『地球の果て』　*The Ends of the Earth*　（カウンターポイント 2004）
『入口の夏・メモワール』　*Summer Doorways: A Memoir*　（シューメイカー＆ホード 2005）
『寓話』　*The Book of Fables*　（コパーキャニヨン 2007）

## 英訳（選）

『わがシッドの歌』 *The Poem of the Cid* （ロンドン・デント 1959）
『ペルセウスの風刺』 *The Satires of Persius* （インディアナ大学出版 1961）
『スペインのバラード』 *Some Spanish Ballads* （ロンドン・アベラード 1961）
『ラザリヨ・デ・トルメス物語』 *The Life of Lazarillo de Tormes: His Fortunes and Adversities* （ダブルデイ・アンカー 1962）
『ローランの歌』 *The Song of Roland* （1963 モダンライブラリィ再刊 2001）
『英訳選詩集 1948-1968』 *Selected Translations 1948-1968* （アセニウム 1968）
『愛の歌 20 編 絶望の歌 1 編』パブロ・ネルーダ詩集 *Twenty Love Poems and a Song of Despair* （ジョナサン・ケイプ 1969）
『完璧な文化の産物——ニコラス・シャンフォール作品集』 *Products of the Perfected Civilization, Selected Writings of Chamfort* （マクミラン 1969）
『声』アントニオ・ポルチア詩集 *Voices: Selected Writings of Antonio Porchia* （フォレット 1969）
『世界の透明性』ジャン・フォラン詩集 *Transparence of the World* （アセニウム 1969；コパーキャニヨン 2003）
『オシップ・マンデルシュターム選詩集』（共訳：クラレンス・ブラウン） *Osip Mandelstam: Selected Poems* （オックスフォード大学出版 1974）
『サンスクリットの愛の詩』（共訳：ムサイエフ・マソン） *Sanskrit Love Poetry* （コロンビア大学出版 1977）
『垂直の詩ロベルト・フアロズ詩集』 *Vertical Poetry, Poems by Roberto Juarroz* （カヤーク 1977）
エウリピデス『アウリスのイピゲネイア』（共訳：ジョージ・E・ディモック 2 世） *Euripides' Iphigeneia at Aulis* （オックスフォード大学出版 1978）
『英訳選詩集 1968-1978』 *Selected Translations,1968-1978* （アセニウム 1979）
『スペインの朝より』 *From the Spanish Morning* （ピータースミス 1985）
『真夜中の太陽』（夢窓疎石の詩および語録、共訳：重松宗育） *Sun at*

*Midnight, Poems by Musō Soseki*　（ノースポイントプレス 1989；コパーキャニヨン再刊 2013）
『影の破片：ハイメ・サビネス選詩集』 *Pieces of Shadow: Selected Poems of Jaime Sabines*　（マーシリオ出版 1995）
『東方の窓：アジアの詩』 *East Window: The Asian Translations*　（コパーキャニヨン 1998）
ダンテ『煉獄篇』 *Purgatorio from The Divine Comedy of Dante*　（クノップ 2000）
『ガウェイン卿と緑の騎士』 *Gawain and the Green Knight, a New Verse Translation*　（クノップ 2002）
『英訳選詩集 1948-2011』 *Selected Translations 1948-2011*　（コパーキャニヨン 2013）
『蕪村句集』（句集全訳および俳詩、共訳：連東孝子） *Collected Haiku of Yosa Buson*　（コパーキャニヨン 2013）

W.S.マーウィン選詩集

著者　W.S.マーウィン

訳者　連東孝子

発行者　小田久郎

発行所　株式会社思潮社
〒162-0842 東京都新宿区市谷砂土原町 3-15
電話 03-5805-7501（営業）／03-3267-8141（編集）

印刷・製本　野渡幸生

発行日　2022 年 4 月 30 日